君のために僕がいる 1

Mario & Chitose

井上美珠

Miju Inoue

EB
エタニティ文庫

Contents

君のために僕がいる１　5

Happiness　―愛し愛される幸福―　259

書き下ろし番外編　甘い新婚旅行　297

君のために僕がいる 1

1

「こちら、名原明良さん。検事をしていらっしゃるの」

高級ホテルのラウンジで、万里緒は叔母が勧める見合いの席についていた。叔母がセッティングした見合いに臨むのは、これで何度目だろう。たぶん五度目だ。

目の前の叔母は手慣れた様子で、この場を仕切っている。

「名原さん、こちらは姪の藤崎万里緒です。歳は三十で、E大学附属病院で内科医をしているんですの」

万里緒は、正面に座っている男性の顔をこっそり窺う。

ここ最近、とにかく仕事が忙しくて釣書きを見る暇もなかった。今日なんか当直明けで二時間しか寝ていないのに、無理矢理起きて化粧をし、慣れないヒールを履いてこの場にやって来たのだ。

そうまでして、ムキになって見合いを受けたのには訳がある。

以前、叔母に言われた一言が原因だった――

『あなたはお医者さんとして自立しているかもしれないけど、それだけじゃ女の幸せを得たとは言えないわ。一人の女として愛されないなんて、寂しい人生よ』

そして最後に「ふふふ」と嫌味に笑ってみせた叔母にキレて、見合いを受けたのだ。

「そんなに言うなら、次の見合いで決めてやる。イイ男を持ってこないと承知しない」

と啖呵を切ってしまった。

万里緒の家は医者一家だ。父も母も現役の医者で、藤崎病院という二百床ほどの私立病院を経営。弟もそこで、歯科を担当している。

父の妹である叔母が嫁いだ先も、胸部外科で有名な私立成瀬病院だ。そこの長男とお見合い結婚をした彼女は、院長夫人として夫を支え、一人息子を医者に育て上げた。

子育てが一段落した今、優雅な生活を楽しむ傍ら、仲人をすることを趣味としていた。そして、姪の万里緒の顔を見るたび、見合いをしろ、とうるさく言うのだから、世話焼きババァもいいところだ。

今日も叔母は、自分が見合いをするわけでもないのに、綺麗な着物を着て、髪の毛もしっかりアップで決めている。

「それでは私、夫に言いつかった用事がありますので、これで失礼します。あとはお二人でごゆっくりとね」

叔母はそう言って、笑いながら席を立ってしまった。万里緒は『相手のことを何も知らないのに、何を話せばいいのよ』と思いながら彼女を見送り、内心ため息をついた。

すると、お相手の名原が口火を切った。

「万里緒さんって、珍しいお名前ですね」

にこ、と笑うその顔は、検事に相応しく誠実そうで、優しさが滲み出ているような表情だった。「イイ男でないと承知しない」と言った万里緒の要望に適う素敵な人。ただ、ちょっと神経質そうだ。

それに、名前を珍しいと言われるのは、あまり好きではない。

万里緒という名は、確かに珍しい。そのせいで、学校でからかわれた記憶がある。名前にまつわる嫌な思い出が蘇る。

なんだか今回もあまり気乗りがしない。イイ男だとは思うけれど、ただそれだけじゃ満足してやらないぞ、という気持ちがムクムクと湧いてくる。

進めたくない見合いだな、と思う。

「両親は、人と違った名前にしたいと思ったらしくて。弟もちょっと変わった名前で、瑠維次というんです」

「それはまた面白いですね」

それきり、会話は止まってしまう。

万里緒は「それで？」と言いたかったけれど、何も言わず、目の前のケーキを口に運んだ。

疲れた身体に染み込むような甘さで、とっても美味しい。

「次で決めてやる」と言ったのに、何をやってるんだか。

まったく決めてやることができなかった。

＊＊＊

「三号室の患者さん、血糖値が落ち着かないから一日四検してください。で、内服薬出しておいたから、食前に飲ませるようにお願いします」

万里緒はカルテにそう書いて看護師に渡した。が、思わぬ言葉が返ってくる。

「先生、糖尿病内科に診せたほうがいいんじゃないですか？」

万里緒はちょっとムッとし、すかさず反論した。

「この内服薬で血糖値が治まるようなら、しばらく続けていこうと思うの。そうじゃなければ、糖尿病内科に診てもらいます。私の指示に、何か文句ある？」

「いえ、そういうわけでは」

「じゃあ、指示通りにお願いね」

万里緒はスツールから立ち上がり、看護師に背を向けた。そして三号室に足を運び、患者さんに、投薬を始めることとなった経緯を説明する。最後に「内服薬の準備ができ次第、看護師が持ってきますからね」と言うと、患者さんは「わかりました」と応じた。

万里緒が病室を出てナースステーションの前を通りかかると、看護師二人が抗議の声を上げていた。

「藤崎先生って、カワイイし仕事できるけど、頑(かたく)なよね？　さっきなんて『私の指示に文句ある？』って言われちゃった」

「先生にも考えがあるんだろうけど、でも……」

それを聞いて、イラッとした。考えなしに薬を選ぶわけがない。

万里緒は堂々と、看護師二人の話に割って入った。

「患者さんには、すべてをきちんと説明して納得してもらっていますよ。あなたたちは薬の副作用に留意していてね」

看護師二人はヤバイという顔をし、「はい」とだけ答えた。

「それじゃ、お願いします」

万里緒はその場をあとにした。

患者のために一生懸命やっていても、こんなふうに陰口を言われることもある。

ああ、ストレスが溜まる。

その上、デスクの上は未整理のカルテが山積みだ。今日も帰りは遅くなるだろう。

忙しすぎて、私生活なんてあったもんじゃない。

こんな状況では、恋愛だの結婚だのと言っていられないのが現実だった。

昨日は見合い後、帰宅してすぐ爆睡したから、夜中に目が覚めてしまった。

おかげで今日も寝不足だ。

まったく本当に何をやってるんだか、と肩を落としながら医局へ向かう。

その途中、先輩医師に呼び止められた。

「今日新患が来るんだけど、藤崎、お前が担当してくれな？」

「は？　え？　でも、外来診察したのは……」

「俺、重症患者が二人もいて手一杯なんだよ。よろしく頼むよ、検査入院だから」

自分の患者なんだから自分で診ろよ！　と心の中で悪態をついたが、医師歴十五年のベテランである彼に、医師歴やっと五年目の万里緒は何も言えなかった。

「わかりました」

「ありがとなー、さすがスーパー●リオ！」

万里緒が自分の名前にコンプレックスを感じてしまうのは、このせいなのだ。子どもの頃から、何度からかわれたことか。父が某ゲームキャラの大ファンという理由で、名前をつけたのだが。

万里緒はさらに肩を落とした。

カルテ整理はなかなか終わらなかった。量が多いせいもあるけれど、叔母の顔がちらついて仕方なかったからだ。

『万里緒ったら、次で決めてやると息巻いていたくせに、見合いをした翌日、先方から断られるなんて、一体何がいけなかったのかしら？　まぁ、しょうがない。今度また、いい話があったら持ってくるけどね』

先ほど叔母から電話がかかってきて、そう告げられた。

最後はいつも通り、「ふふふ」と嫌味な笑いを漏らしていたっけ。

「もうちょっと、可愛い女にならないとね」と、叔母は言外に匂わせてきたのだ。

そんな叔母に対し、「可愛くなくて悪かったね」と内心で毒づく。

＊＊＊

午後八時近くまで頑張っても、カルテ整理はいっこうに捗らなかった。

万里緒はひどくお腹が空いていることに気づき、何か食べに行こうと、白衣を脱いで立ち上がった。

愛用のローヒールをカツカツ鳴らし、病院の外へ。

つい、ため息を零して空を見上げると、星は二つか三つしか見えなかった。東京の空は明るいので、星の光が薄れてしまうのだろう。

しばらく歩き、万里緒は路地裏の食堂に入った。そこは夜勤明けに偶然見つけた店で、昼は五百円、夜は七百円で日替わり定食が食べられるのだ。あまりにも驚いて「こんなに安くていいの？」と店主に聞くと、「儲けはある程度出てるから、大丈夫」と笑われた。以来、この店を気に入って、たまに足を運んでいる。

「こんばんは」

「いらっしゃい。いつもの日替わり定食でいいかな？　今日は塩サバか、豚の生姜焼きの二種類から選べるよ」

「それじゃあ、豚の生姜焼きをお願い」

万里緒はすっかり常連なので、店のおじさんとおばさんが気安く声をかけてくれる。

「なんだか元気がないみたいだな。疲れてる？」

「ですね……まだ仕事が残っているけど、今日はもうやめちゃおうかな……」

明日は休みだから、ゆっくり寝坊をして、夕方にでもカルテを片づけに来ればいいか、と思えてきた。

「おじさん、私、荷物取ってきます。五分くらい待っててくれます？　この席、取っておいてください」

万里緒が頼むと、おじさんもおばさんも、「いいよ。行っといで」と快く引き受けてくれた。

いつもこんな感じだから、何度でも通いたくなるのだ。ここでは他人の顔色を窺ったり、嫌味な噂話や陰口を気にしたりする必要がない。この店は、万里緒にとって癒しの場所とも言える。

急いで病院に戻り、バッグを手に、ふたたび食堂へと向かう。

すると、ちょうど料理ができ上がったところだった。

美味しそうな匂いが胃を刺激する。すぐに箸を取り「頂きます」と言って口に運んだ。

「今日はビールも飲んじゃおうかな。ジョッキでお願い」

万里緒が言うと、おじさんがすぐに用意してくれた。

「明日は休みなのかい？」

「そうなんです」

ビールはよく冷えていて、とても美味かった。喉をぐびぐび鳴らして飲む。

そうしてふと、斜め前の席を見ると、庶民的な定食屋には不似合いの、いかにも高級そうなスーツに身を包んだ男性客がいた。食堂の隅に置かれたテレビを見ながら、塩サバを摘んでいる。目はくるんとしていて、唇はアヒル口という愛嬌のある顔立ちで、品の良さが感じられる、イイ男だった。

テレビを見ながら時々笑みを零す口元が、とくにキュートで可愛い。

素敵な人だなぁ、と心がホワッと温かくなる。

そうは思っても、ここで万里緒のほうから話しかけでもしない限り、彼と知り合いになるチャンスはないだろう。

万里緒は医師という職業柄、気ばかり強くなっているが、実はあまり積極的なタイプではない。

今、目の前にいる男性にときめきを感じているのは確かだけれど……

歳はいくつぐらいだろう。

どんな仕事をしているのだろう。

ああいう素敵な人には、きっと美人で可愛らしい彼女がいるんだろうな。

あれこれ思いを巡らせる万里緒をよそに、斜め前のイケメン君は、彼女のことなど気にも留めていない様子だ。

「おじさん、もう一杯」

万里緒はビールを飲み干し、二杯目を頼んだ。疲れているせいか酔いが早い。それでも飲みたいから飲む。

「マリちゃん、大丈夫かい？」

「平気ですよ」

運ばれてきた二杯目を一口飲むと、胸がスッとした。

たまにはこんなふうに一人で飲むのもいいな。

仕事のストレスが溜まっても、グチグチしていないで、食べて飲んですっきり忘れるのがいい。

そうして二軒目に行こうかな、と考えていたところで、携帯電話が鳴った。

嫌な予感がしたが、案の定だった。

『五号室の患者さんが腹痛を訴えています』

「わかったわ。腹痛が治まらないようなら、ペンタジンを投与してください」

『承知しました』

簡単なやりとりを済ませ、電話を切る。

すると、テレビを見ていたイケメン君が万里緒のほうを振り返って話しかけてきた。

「お疲れ様です」

「はぁ、どうも」

「ドクターですよね？」

「はい……よくわかりますね」

「話の内容から、そう思いました」

イケメンでキュートな彼は、そう言って箸(はし)を置き立ち上がる。

「ごちそうさまです」

そのままレジへ向かい、代金を支払う。それからもう一度万里緒のほうを見て、「お仕事、頑張ってください」と微笑(ほほえ)んだ。

彼が食堂の引き戸を開けて出て行く姿を見ながら、万里緒はビールをすべて飲み切った。

「おじさん、私もごちそうさま」

「はいよ、ビール三杯と定食で千二百六十円ね」

万里緒は会計を済ませると、急いで店を出た。どうしても彼を追いかけたくなってしまったのだ。

だが、すでに彼はいなかった。

肩を落とす万里緒の背後でガラリ、と引き戸を開ける音がした。次いで、店主のおじさんが首を出して辺りを見回し、はぁーと大きなため息をつく。

「どうしたの？　おじさん」

「いやね、さっきのカッコイイお客さん、携帯電話を置き忘れていったんだよ……初めてのお客さんだから、連絡のとりようもなくてなぁ」

「ええ!?　そんな大切なものを？」

携帯電話なんかなくした日には、万里緒だったら絶対に仕事に支障をきたす。彼も恐らく、ものすごく困るに違いない。

おじさんが困惑顔で握りしめている彼の携帯電話は、最新型のスマートフォンだった。

「これ、どうしよう」とおじさんがぼやいていると、コツンコツンと硬い靴音が路地裏に響いた。見ると、彼だった。

「あ、やっぱり店に置き忘れていたんですね。すみませんでした」

おじさんは携帯電話を持ち主の手に返し、ほっとした表情で店に戻った。

イケメンの彼は、万里緒に向けてもう一度、「ご心配をおかけしてすみませんでした」と頭を下げた。

「いえ、そんな。私は別に何も……」

「お帰りですか？」

「はい」

「じゃあ、そこまで一緒に行きましょうか？」

そう言って彼は、大通りの方角を指さした。

思わず追いかけたくなってしまったキュートなイイ男。連絡先を自分から聞く勇気はないけれど、少しの間、一緒に歩けるだけでも嬉しい。

「帰りはいつもこの時間なんですか？　随分遅いですね」

彼の声は、少しだけ掠れた、低音ボイス。低すぎず、ちょうどいいくらいのトーンだ。

声を聞いただけでも心がホワッと温かくなる。

「病院勤務なので、これくらいは普通です。それに、まだ医者になってやっと五年というところですから」

「医師は忙しいし、大変ですよね。早く帰って寝たほうがいい。そうすればきっと、頭がすっきりしますよ」

そう言って、にっこり微笑(ほほえ)んだ顔につい見惚(みと)れてしまった。ますます彼のことが気になりだした万里緒だったが、楽しい時間はすぐに過ぎ、大通りが見えてきた。

――思い切って二軒目に誘うべきか、誘わないべきか。

ほんの数秒考えて、誘うのはやめた。というか、タイミングが掴(つか)めなかった。

「では、気をつけて帰ってください」

「はい」

万里緒とは反対方向へ去っていくキュートな彼。背が高く、足も長い彼のうしろ姿を見送った。

「お尻の形もキュート……キュッと上がってて、可愛い」

ああ、やっぱり勇気を出して誘っておけばよかったかなぁ。

万里緒はいつもこうだ。気に入る相手がいても、アピールできずに終わる。

「優しい言葉をかけてくれたし、素敵な人なんだろうな。それにスマートでスタイルもよかったな」

万里緒は、無意識のうちに高級スーツの中身を想像している自分に気づき、顔がかっと火照(ほて)った。

初めて会った男性の、服の中身を想像するってなんだろう。

でも、もう会うことはないんだろうな。そう思うと残念でならなかった。

＊　＊　＊

数週間後、万里緒のもとに、またしても叔母が見合い話を持って来た。なんてお節介(せっかい)なババァなんだろうとうんざりしながら、それでも断りきれなかった万里緒は今日も有名ホテルのレストランに向かっている。

「万里緒、今度こそ決めるでしょうね？　あなたの要望通り、またイケメンだからね」

嫌味ったらしく、「イケメン」を強調する叔母を見て、万里緒はため息をついた。

「叔母さん、私、時が来たらいい人捕まえて結婚する。でも今はまだ医者として駆け出しの身だから、仕事が優先。お見合いは、これで最後にしてくれる？」

「……藤崎家の娘がいつまでも独身でいちゃダメよ？　仕事をやめろとまでは言わない。でも、早く結婚して家庭を作るのもあなたの役目。あなたたち姉弟のうち、医者になったのは万里緒だけなんだから、あなたが跡取りなのよ？」

　叔母の言う通り、瑠維次は藤崎家の長男とはいっても、藤崎病院の跡取りとは言いにくい。しかし、瑠維次のお陰で病院に歯科を開設することになり、病院は新たな患者を獲得しているのだから結構なことじゃないか。そんなことを考えながら、万里緒は叔母の話を聞き流す。

　この前の検事との見合いの時、万里緒はスーツを着ていた。それがよくなかったのだと叔母に注意されたので、今日は淡い紫色の着物を着てきた。

　すでに先方は待っている、と言われて急ぎ足でホテルの中を歩く。

　そうして息せき切って出向いたのだが、予約してあった席に見合い相手の男性はいなかった。飲みかけのコーヒーが置かれているだけだ。

「あら、どうしたのかしら？」

「怖くなって逃げた？」

　万里緒が言うと、帯のあたりをパン、と叩かれた。

「そんな人じゃないわよ。今度のお相手はね、あなたと同じお医者さんなんだから」

「へ？」

「あなた、お見合い写真を見てもいないんでしょ？　釣書きだって読もうとしないし、人の話は聞かないし、まったくもう……」

「ばれちゃった？　すみません」

「相手の方はね、うちの息子の指導医だった方なんだけど、ものすごく評判のいい先生なのよ。……こうしてお見合いしてくれることになったのも、うちの主人が八方に手を回して頼んだからよ」

叔母が、くどくど言う。万里緒はうんざりしながら予約席に腰掛けた。

万里緒の目の前には、コーヒーカップが一客だけ置かれている。どうやら彼は一人で来たらしい。『私も一人で来たかったな、そのほうがまだ気が楽だった』と思う。

そのとき、聞き覚えのある声がした。

「すみません、緊急の電話が入ってしまったもので……」

万里緒は目を見開き、それからパチリ、と大きく瞬き(まばた)をした。相手の男性は微笑み(ほほえ)ながら、じっとこちらを見ている。

「まぁ、緊急電話だなんて！　患者さんに急変でも？」

叔母がやや大げさに心配げな声を上げる。

「いえ、以前いた病院からの電話で、入院患者のことで聞きたいことがあるから、と……」

そう説明しながら、彼は万里緒に視線を戻した。

この前の、食堂で会った彼だった。整った顔立ちで、ヒップラインとアヒルっぽい唇がキュートなあの人物。

日の光の下で見る彼は、あの夜出会ったときよりも、なんだかキラキラしていた。

彼は万里緒の前に座り、自己紹介をする。

「初めまして、星奈千歳です」

にこりと笑った顔は万里緒の心をキュンとさせるくらい素敵で可愛くて、カッコイイ。目尻にある皺さえ魅力的だ。

可愛い名前だな〜、と万里緒は思った。

しばらくボーッと見ていると、叔母が万里緒の袖を引っ張る。

「あ、あ、初めまして、藤崎万里緒です」

しどろもどろになりながら、ようやく名前を告げた。

「まぁ、この子ったら先生に見惚れちゃって。先生、よかったら二人でお話をなさってくださいな。そのほうがよろしいわよね」

ほほほ、と笑って席を立つ叔母を見て、え⁉　と慌てる万里緒。そんな万里緒に、叔母は素早く耳打ちをした。

「この人を必ずゲットしなさい」

聞こえてんじゃないの？　と思って彼、千歳を見ると、下を向いて苦笑していた。

「では、ごゆっくり」

叔母は万里緒を置いて店を出ていった。

何を話せばいいの、どうすりゃいいのよ、と万里緒は固まってしまう。

するとか彼が、例の路地裏の食堂の話を切り出してきた。

「あの店、よく行くんですか？」

「あ、はい、ですね。我ながらいい所を見つけたなぁ、と思ってます」

ごく自然に会話がスタートしたけど、こんな受け答えで大丈夫だろうかと万里緒はちょっと不安だった。

「僕もいい店を見つけたと喜んでいたんですよ。あの日、E大へ挨拶に行ったんです。その数日後、藤崎さんもE大で内科医をしていると貴女の叔母様から聞きました」

「あなたもE大に勤務にされているのですか？」

「ええ。消化器外科です」

これには驚いた。消化器外科ならば、万里緒がいる消化器内科と接点が多い。患者紹介をして外科で手術、という連携もよく行われる。

「ところで、写真で拝見するよりも、なんだか痩せてますね」

「ああ、最近ちょっと。あれ、半年前の写真なので」

「どうして見合いを？」

「叔母が何回もしつこく話を持ってくるので……いえ、結婚を勧めるものですから。私の実家は、病院なんです。あまりピンと来ていないんですけど……私が跡取りだと言われていて……」

「そうですか」

うなずきながら、彼はコーヒーを口にした。万里緒もコーヒーで喉を潤す。

そういう千歳こそ、どうして見合いなんか承知したのだろう。

「星奈先生は、どうして見合いを？」

「お世話になった教授から、会ってみないかと言われたので。私立病院のお嬢さんだからと勧められたのですが、跡取りとか、そういうことに僕はまったく興味はなくて……」

「そうですか」

どうやら彼は断れない事情があって、渋々承知した見合いだったようだ。

万里緒はキュートな彼にこうして再会することができ、ちょっと浮かれ気分になったけれど、彼にその気はないらしい。

今回もダメか。

そう思っていると、彼は笑顔で言った。

「藤崎先生は、僕をゲットする気で来たんですか？」

「は⁉　いいえ！　あれは、叔母が勝手に言ったことであって……。確かに私は三十になって周りにうるさく言われ始めたし、自分自身も結婚したいとは思っています。でも相手の方にも好みがありますし、無理強いする気はないです」

必死さを隠すために、緩く笑いながら、そう答えた。

千歳はコーヒーを飲みつつ万里緒の話を聞き、それからこう言った。

「ご実家の病院を継ぐ気はあるんですか？」

「いいえ。弟がいますし。歯科医師ですけど、弟が継いでも問題ないと思います。ダメなら、弟が医師の女性と結婚すればいい話ですから」

「そうですか」

目線を上げて千歳を見ると、やっぱりキュートで整ったイケメンぶりに胸がキュンとなる。

いつも気になる相手ができてもアピールをせずに終わってしまう万里緒だが、このチャンスを逃したくない。でも、何も言葉が出てこない。しょうがないから、思いつくまま名前の話をしてみた。

「私の名前、万里緒なんですけど、弟は瑠維次なんですよね」

それを聞いて千歳は、はは、と声を上げて笑った。そして、クルリとした目を瞬かせながら聞いてくる。

「スーパー●リオ？」

「そうです。先輩の医師からも『よろしく頼むよ、スーパー●リオ』って言われたりして」

何を言ってるんだ、私は。わけのわからない笑みを浮かべる。

「それで万里緒さんは、こうやって見合いをして、お互い気に入ったら、結婚をする気はあるんですか？」

「はぁ、まぁ、そうですね。どちらかと言うと、私は受け身なので……相手の方が進めてくだされば、ですね」

「相当受け身ですね」

千歳は、にこりと笑って小さくため息をつく。

まずい。万里緒は焦った。さっきみたいな言い方をすれば、どうでもいいと思っているように取られてもおかしくない。

「男の人は、可愛い女の人が好きですよね？　でも私は職業柄もあって、気が強くなるばっかりで。だから、こういうことは受け身なのがちょうどいいと思うんですよ。どうでもいいというわけではないんです……なに言ってるか、自分でもわかんなくなってきました」

どんどん墓穴を掘っている気がして、下を向いてしまう。

この見合いは、失敗だな。万里緒が一人落ち込んでいると、千歳は意外なことを言った。

「この間、大通りで別れたあと、去りがたくて振り返ると、あなたはすでに背中を向けて歩いてました」

「え？」

万里緒は自分のことを言われているのだと気づくまでに時間がかかった。あの日、千歳は万里緒のことを気にかけてくれていたというのか。だとしたら、なんてラッキー！

さらに、千歳はこんなことも言うのだ。

「気になったので呼び止めようかと思いましたが、やめときました。病院近くの食堂で会ったのだから、たぶん僕と同じ病院勤務のドクターだろうと思って。それなら、この先も会う機会はたくさんありますからね」

「同じ病院で働く医者だから、気になったんですか」

「そうじゃなくて、藤崎先生みたいに、食堂でビールを片手に『おじさん、もう一杯』ってやってる人、結構好きなんですよ。僕は、可愛いだけの女性には興味がないので」

「いや、あれは、その、疲れていたので。お酒でも飲んで気晴らししようかと……」

「いつもああやって、一人で？」

「まぁ、そうですね。バーとかで飲むこともありますけど、居酒屋のほうが好きです。ちなみに、お酒で一番好きなのは青島ビール。苦みが少なくてフルーティーで……でも青島ビールを出す店をあまり知らなくて……行きつけは、ちょっと汚い中華料理屋さんなんですよ」

何を言ってるんだよ私は、と万里緒は心の中で自分にツッコミを入れた。

これほどまでに好意的な会話ができた見合いは、過去に一度もないのに、どうして青島ビールが好きだなんて、オヤジみたいなことを言ってしまったのか。自分のバカ、バカ。雰囲気ぶち壊しじゃないか。万里緒はさらに自分にツッコむ。

「いいですね。その店、今度連れて行ってください」

「へっ？」

「そういう店の料理って、たいていどれも美味しいですよね」

「ええ、まあ」

「このあと時間があるなら、さっそく行ってみるのもいいですね。でも、着物を汚しちゃうとまずいかな」

「着替えてきます」

万里緒は間髪を容れずに言った。珍しいことに、今日は積極的に行動できる。

「じゃあ、僕も楽な格好に着替えてこようかな……その店、どこにあるの？」

「病院の近く、です」

「同僚のドクターやナースにばったり会ったりしない？」

「今までも会ったことないから、たぶん大丈夫です」

あまりにも気取りのない店なので、医者や看護師たちは好まないのかもしれない。圧倒的に男性客、とくに肉体労働者が多く、仕事帰りに作業着姿のまま立ち寄る姿をよく見かける。万里緒のように女性のお客が一人で来るのは初めてだ、と店の主人が言っていた。

「そうですか。なんか本当に、藤崎先生って面白いですね。……じゃあ行きましょうか？　その前に連絡先を交換しておきましょう」

千歳はそう言い、携帯電話の番号が書かれた名刺を差し出した。

千歳は万里緒を気に入ってくれたのか？　それとも、ただの好奇心……？

とにかく、二人はわりといい雰囲気で青島（チンタオ）ビールを飲みに行く流れになった。

お見合い六回目にして、ついに世話焼きババァが本物を持ってきたのかもしれない。

2

いったん解散し、それぞれ自宅で着替えた後、ふたたび駅で待ち合わせた。

千歳は、シャツとチノパンというカジュアルスタイル。万里緒は緩（ゆる）めのデニムをロールアップして、靴はヒールのないバレエシューズを履いてきた。

そして二人は、目当ての中華料理屋に向かう。

店に入り、向かい合って座ると膝と膝がぶつかってしまうような狭い席に腰を落ち着け、まずは、青島ビールを注文。お目当ての品が届くと、千歳が万里緒のためにビールを注いでくれる。次は万里緒が注ごうとして手を伸ばすと、千歳はそれをやんわり断り、自らの手でグラスを満たした。

「乾杯」

カチン、と音を立ててグラスを合わせる。ごく小さなグラスなので、一気にグイッと飲み干せる量だ。

「あ、青島ビールって確かに苦みが少ないかも」

「そうでしょう？　飲みやすいんですよ」

それから二人は、小さなテーブルの上に並べきれないほど料理を注文した。エビチャーハン、蟹のあんかけ、ギョーザ、酢豚。どれも美味しいので、品数を絞ることができなかったのだ。

「穴場だなあ。それにしても藤崎先生、本当に一人でここへ？」

「はい。びっくりしますよね？　星奈先生はこういうところ、あまり来なさそうだし」

「やっぱり、藤崎先生って面白い。それに結構男前な感じですね」

「男みたいっていうことですか」

「そうじゃないけど、藤崎先生、男友達多いでしょ？」

「ああ、わりと多いかもしれません」

「だと思った」

千歳が笑うと、目尻に皺ができる。そんなところに大人の魅力を感じるけれど、顔そのものは少年っぽい印象だった。

「あの、事前に叔母からあまり聞かされていなかったんですが……星奈先生って、おいくつなんでしょうか？」

「僕ですか？　三十六ですよ。もうすぐ三十七。オッサンですみません」

「いや！　そんな歳に見えないです！」

万里緒が慌てて首を振ると、千歳は苦笑しながら言葉をつけ加えた。

「自分で言うのもなんですが、いつも実年齢よりも若いって言われます。童顔だからかな。職業柄、若く見えてしまうのは好ましくないんですが」

「あの、星奈先生、敬語はやめませんか？　どう考えても私、年下だし、医師としても後輩ですから。ちなみに、先生もいらないです」

「だったら君も、先生はよして？」

「いや、私は星奈先生と呼びます。これから病院でお世話になることも色々あるだろうし」

千歳は、「そう」と言って肩をすくめた。

実際に、消化器内科と消化器外科は連携プレーが多いのだ。たとえば、内科を受診した患者の疾患に対して手術などの必要性があれば、外科に紹介し、そのまま外科で手術、ということもある。内科と外科の医師が何度も話し合いや相談の場を設けることもある。

「あ、でも星奈先生、今日は仕事のことは忘れましょう」

「そうだね、せっかく美味しいビールと料理を楽しんでいるんだからね」

「この蟹のあんかけをチャーハンにのせて食べると絶品ですよ。かけてもいいですか？」

そう万里緒が聞くと、千歳はうなずいた。

「へぇ、こうやって食べるんだ？　初めて知った。あ、ほんとに美味しい」

「でしょう？　これで、青島ビールがますます進むんですよ」

そう言ってしまってから、『やだ、私ったら、またオヤジみたいなこと言ってる』と気づき、ちょっと後悔した。けれど、千歳はちっとも気にしていない様子で、チャーハンを食べながらギョーザ、酢豚もどんどん平らげていく。

「ここ、確かに美味しいね。仕事帰りに、また来ようかな」

「お店の雰囲気は大丈夫ですか？　私は好きですけど」

「うん、僕も結構好きだよ。こういう店に女の人が一人で通っているっていうのは意外だったけどね」

そんな話をしながら、青島ビールを飲み続けた。相変わらず美味しくて、つい一口でグラスの半分以上を空けてしまう。すると千歳がすかさず、万里緒のグラスにビールを注いでくれる。

「星奈先生もこの店を気に入ってくれたようでよかったです。内心ホッとしました」

「ホッとしたの？」

「はい。この前の見合いの相手は、高級レストランが好きそうな感じの人だったんですよね。好きな食べ物はフランス料理で、自分でもこだわって作るとかなんとか……」

そんな話を始めると、コツ、と左膝に少し強く当たるものがあった。ちょっと動いただけで膝と膝がぶつかってしまうような至近距離にいるから？　でも今のは、意図的に膝をぶつけられたような気もする……

不思議に思って会話を止めると、千歳が万里緒を軽く睨んでいた。

「今日見合いした相手の前で、前の見合い相手の話は禁句じゃないか？」

「あっ、すみません」

「謝るほどじゃないけど、君は男の前でほかの男の話を平気でするタイプ？」

「ま、そうですね。男友達のこととか普通に……いけません？　友達なんだから恋愛対象外ですよ？」

千歳は苦笑いしながら「そっか」と言った。

「気にするほうがどうかと思いますよ。前回の見合い相手のことも、本当に恋愛対象外ですから」

言ってしまってから、万里緒ははっとした。「あんたはものの言い方がきつい。言葉に棘がある」と、いつも母に注意されているのだ。

「すみません。今の言い方、気に障りました？」

「別に。ただ、君はさっぱりした性格なんだなって思うだけ」

「ええ、まあ、そうかもしれません……」

「それで、彼氏はいないの？」

「彼氏がいたら、星奈先生とこうして会うことはなかったでしょう。少し前に別れました」

「へぇ、どうして？」

わざわざ理由を聞くか？　と思ったけれど、万里緒はその質問にも応じることにした。

「元彼は会社員だったんですけど、いつも私に愚痴っぽく言っていたんです。俺はしがないサラリーマンだって。それから、私の給与明細を見て、その辺の男より稼いでるとか、格差があり過ぎるとか。私だって、何もせずにこの職を得たわけじゃないのに。努力もしたし、きつい思いだってしてきた」

「そうだね。研修医は、眠る時間もなくてきついよね。僕も、あの時代には戻りたくないな」

「でしょう？　そういう時期を乗り越えたから、今があるんです。今だって、それほど自分の時間があるわけじゃない。それなのに、元彼は私の仕事を理解してくれないどころか、当直が続いたりしてしばらく会わなかったら、部屋に女の子を引っぱり込んでたんです。あんな男、別れて正解」

言うだけ言うと、なんだかスッとした。けれど言い終えてから「しまった」と思った。

そうは言っても、後の祭りだ。

初対面の見合い相手、しかもこれから仕事上接点があるだろう先輩医師に、元彼のことをあらいざらい愚痴ってしまった。

しかし千歳は、万里緒を見つめてただうなずくだけ。

「僕の同期の女医も、君と同じようなこと言ってたよ」

「それで、その女医さんは、その後どうされたんですか？」

「彼女に相応しい相手と結婚したよ」

「相応しい相手、ですか？」

「医者とお見合い結婚したんだ。医者同士が結ばれる例は、結構多い」

「ですよね、やっぱり」

万里緒が同意すると、千歳はにこりと微笑んだ。彼の笑顔を見ると、万里緒は心がホワッとする。

「しかし、ほかに女がいたなんて、君も可哀そうに」

「そうなんですよ。しかも浮気現場を目撃しちゃって。裸で抱き合ってるところを見ちゃったんです。あっ、すみません、初対面なのに色々愚痴ってしまって」

「そんなこと、気にしないで。出会った男が悪かったんだと思うよ……しかし君、酒が強いね。もう一杯どうぞ？」

空いていたグラスにビールを注がれる。万里緒は、この人にまだ一回もお酌をしていない、と気づいた。

「すみません、さっきから私が注いでもらってばかり。星奈先生にもお注ぎします」

「ゆっくり飲むから、まだいいよ」

「じゃあ、次は私が注ぎますね」

「そう？　ありがとう」

「……あの、今日私と会って、どう思いました？　気が強い女だな、って思いました？」

「そうだね。でも、気が弱かったら医師は務まらないでしょ？　だからいいんじゃない？　それで」

今のままの万里緒でいいと言ってくれた男性は初めてだ。周りの友人たちもありのままの万里緒のことを受け入れてくれてはいるが、初対面でここまで肯定してくれる人はいなかった。

「あの……星奈先生は彼女、いるんですか？」

「話が飛ぶね。彼女は……いない……かな？」

『なんだ、その曖昧な返事は』と言いたかったが、やめておいた。そんな万里緒の心中を察してか、千歳がからかう。

「『なんでそんな曖昧な返事するの？』って顔してる」

「……うーん、ですね」

「正確に言うと、もう一ヶ月くらい連絡取ってなくて自然消滅っぽい恋人はいる。いや、もうすぐ二ヶ月になるかな？　……別れ話は、まだきちんとしていない」

「それで、教授に勧められて私と見合いをした、と」

「まぁ、そうなるね」

「ちなみに、その彼女は医師ですか？　それとも看護師？」

きっと看護師だろうな、と思いながら確かめてみた。

「はっきり聞くね。君って面白いな、本当に」

膝頭がまたコツンと当たって、二人の距離がいっそう近くなる。千歳は少し目を細め、ひと呼吸置いてから言った。

「君の予想通り、看護師だよ」

「……私、何も言ってませんけど？」

「看護師って言うとき、少し口調がきつくなってたよ。それに君って……何もかも顔に出ちゃう人なんだね。言いたいことがダダ漏れだけど？」

千歳は、さも可笑しそうに笑って言った。

顔に出る、というのは確かによく指摘されてきたことだ。でも、ここ二、三年はあまり言われなくなっていた。大人になるにしたがい、思っていることを顔に出さないようにしたほうが何かと都合がいい、ということを学んだつもりだったのに……千歳は、万里緒の心の内など容易く見抜いてしまうらしい。

「星奈先生は、人の心を読むのが上手なんですね」

「だてに年は食ってないから」

千歳は万里緒よりも六つ年上だ。だから、彼のほうが上手だったとしても構わないじゃないかという気にもなる。

千歳は万里緒がありのままの姿を見せても、肯定してくれている。そのことが、とても嬉しかった。

世話焼きババァの言う通り、必ずゲットしないと、逃がした魚は大きいと悔やむことになりそうだ。

そうは言っても、ゲットできる可能性はあるのか？

「星奈先生、看護師さんと連絡を取り合わなくなってから、もう二ヶ月になるとおっしゃいましたよね。それで、教授に勧められてお見合いをすることにしたんですよね？」

「うん、そう。偶然は大事にしたい」

「偶然？」

「あの食堂で偶然会った女性が同じ病院に勤務するドクターで、しかも見合い相手だとわかったときは、こんな偶然あるのかって不思議で堪らなかった。そういう縁って、なんだかロマンチックだと思うんだ。しかも実際に会ってみたら、興味深い女性だった。僕は藤崎さんのこと、結構好きだよ」

こんなに上手くいっていいのだろうか。万里緒のほうこそ不思議で堪らない。

ひょっとして何か裏があるのでは、と疑念さえ湧いてくる。

「そんな顔をしなくても、裏はないから安心して。僕は本当のことだけ言ってる」

「い、いや！　疑っているわけじゃないんですけど」

万里緒は激しく首を振りながら、言い訳がましく否定した。

それにしても、なんでこの人は万里緒の心をこんなにも読めるのだろう。エスパーか？

「あのう、結構好きと言ってもらって嬉しいんですけれど……」

「けど、何？」

「いや、あの、星奈先生って優秀な医師であり、しかもイケメンじゃないですか。こんなイイ男をゲットしたがらない女性はいないよなぁ、って」

「それはつまり、彼女ときちんと別れて来いと、暗に言ってるわけだ？」

「いや、そう、ですね。でも……やっぱりいいです。私みたいな気の強い女より、きっと看護師の彼女のほうが可愛いだろうから」

――ああ私ったら、大きな魚をみすみす逃がそうとしているよ。

万里緒は内心で自分にツッコんだ。

「あのねえ藤崎さん、さっきも言ったけど、僕は可愛いだけの女に興味はないんだよね」

「……私、結構可愛くないですよ？」

「僕は可愛いと思うけど。可愛いし、面白いよね。リアクションとか、行動とか、路地裏の定食屋や青島ビールが飲める店をチョイスするところもユニークだと思う」

「そうでしょうか」

「ただね……この店に案内されて、最初はちょっとだけ君のセンスを疑った」

「へ？」

「お互いの膝が当たるような狭い席で男女が食事するなんて、その気かな？　って」

「違いますよ！　店が狭いことは知っていたけど、膝が当たるなんて思ってもみなかったし！　そっ、それに！　ここに来ることになったのは星奈先生がそう望んだからであって、私が無理に連れてきたわけじゃないですよ！」

万里緒が力いっぱい否定すると、千歳は「ぷはっ」と噴き出して笑った。

「ああ、そういえばそうだったね」

「星奈先生、ほんとにわかってるんですか？」

「わかってる。君って、からかうと面白いね、本当に」

「え？」

「別れてくるよ、ちゃんと」

「は？　あ、いいですよ。もういいんです」

「だったら君は、この見合い話がここで止まってもいいの？」

「えー……っと？　それは、どういうことですか？」

「同じ医者同士、お互いの仕事に理解がある。ついでに言うと、僕は君よりきっと収入が多い。ゲットしなくて大丈夫ですか？」

そんなふうに言われると、万里緒はもう何も考えられなくなる。

これって、間接的なプロポーズ？

こういうときは、どうしたらいいんだろう。

こんなイイ男が目の前で「自分を釣らなくていいんですか？」と聞いている。

「私は結構、気が強くて、愚痴っぽいところもあるし、医師としての経験も浅くて……」

「うん、それで？」

「……本当に恋人とちゃんと別れるんですか？　そう言いながら、実はキープして二股かけようっていうんじゃあ……」

「キープ？　キープねぇ……あはは」

さっきから万里緒は笑われてばかりいる。

けれど万里緒は真剣だ。世の中には実際そうやって、二人の女性を手玉にとる男もいるじゃないか。とくに男性医師は金銭的な余裕も社会的地位もあるし、何だってやりたい放題でしょ？

「キープとかよく考えつくね。面白いけど、もっと頭柔らかくしたら？」

「柔らかいから色々と可能性を考えられるんじゃないですか？」

「そうじゃなくて」

千歳はそう言って、ビールを飲み干した。万里緒はすかさず、彼のグラスにビールを注ぐ。

「そうじゃなくて、なんですか？」

「そういうことをしない男もいるって、考えたことないんだ？」

「それはわかってますけど。でも星奈先生は無駄にイケメンなんですよ。その歳まで、なんで独身なんですか？　医者としても優秀で、すごくいい人だって聞きましたけど？　引く手数多なんじゃないですか？」

『あ、失礼なことを言い過ぎた』と反省しても、もう遅かった。

「この歳まで独身だったのは、仕事に打ち込んでいたからだよ。忙しく働きすぎると縁遠くなるって、同業者だからわかるでしょ？　言ったことを反省するくらいなら、言わなきゃいいのに」

千歳は本当にエスパーなのかもしれない。万里緒の心を完全に読みきっている。

「すみません。私って……一言多いんです……」

「なんか、漫才してるみたいだね、僕ら」

「私、言わなくてもいいことでも、思ったらすぐツッコんじゃう」

「君のこと、相当ツボに入った。やっぱり、ちゃんと別れてくるよ」

「へっ？　なんで⁉」

「君は面白いし、男前だし、可愛いだけの女じゃないから」

そう語る千歳の唇は、すごく魅力的だ。

でもダメ、そんなこと考えちゃいけない！　また思考を読まれてはかなわない！

どんどん思考が混乱してくる万里緒だった。

一方千歳は、「他にもこういう店を知ってるんだったら教えて？」などと言いながら、膝をコツンと当ててくる。

万里緒が思わず身を固くすると、千歳は「そういうところ、可愛いと思うよ？」と、微かに声を出して笑った。

完全にからかわれている。

こんな場面で女性にちょっとしたスキンシップを与えて刺激するとは、なんて上級者なんだ。

連絡が途絶えて自然消滅させるなんて、看護師の彼女はなんてもったいないことをするんだ。こんなにもイケメンで、背が高くてスタイルもよく、医師としての能力も人柄も抜群の男性を、なんでもっとしっかり捕まえておかない。

仮に千歳がきちんと彼女との関係を清算したとして、果たして自分は彼をしっかりゲットできるのか？　前途多難な恋が始まりそうな予感がした。

3

千歳との見合いの翌週、万里緒はいつも通り出勤した。

「藤崎先生、患者さんが先生とお話ししたいそうです」

看護師が万里緒に声をかけてくる。

「わかったわ。どういう用件か聞いてる？」

「たぶん、不安なんだと思います。説明室を取っておきました」

この看護師は万里緒よりも年上で、経験豊富なので手回しがいい。

「ありがとうございます」

万里緒は看護師に礼を言ってから、受け持ち患者の待つ病室へと向かった。

彼女は万里緒を見ると笑顔になり、ベッドから起き上がった。

「先生、いつもすみません」

「いいえ。説明室を取っていますから、行きましょうか?」

明るく「はい」と言って万里緒のうしろについてきたが、その足取りは重く、いかにも不安そうだった。

彼女は当初、胃の痛みを訴えて受診。精密検査を行ったところ癌を発症していることがわかった。

万里緒は、手術などの外科的治療が必要と判断した。そのことを本人に説明すると、彼女は「とにかく早く退院できる方法で治療を始めたい」と希望した。そこで万里緒は、さっそく外科に紹介することにしたのだ。

「先生、私なんだか怖くなってしまって……自分から望んでおいて、すみません」

患者はひどく気落ちした様子で、下を向いている。

「大丈夫でしょうか?　まだやることがたくさんあるし、生きていたいんです」

「大丈夫ですよ。外科の先生たちはみんなスペシャリストですから」

「それを聞いて、なんだか少し勇気が湧いてきました」

「一緒に頑張りましょうね」

彼女は会ったときよりも落ち着いた様子で、説明室を出ていった。

万里緒はひと息つき、面談の内容を記録しておくためにナースステーションへ向かう。

パソコンに記録したあと、カルテにも記載しておく。

今日は外来日なので、たくさんの患者さんたちが待っている。

「頑張らないとなぁ」

万里緒は大きく伸びをしてから、首にかけていた聴診器を外した。

＊＊＊

外来の診療を終えた万里緒は、病棟回診に必要なカルテを取りにナースステーションへ行く。

そこで、顔見知りの外科医、三枝誠(さえぐさまこと)に出くわした。

「げ……」

思わずそう、つぶやいてしまった。

チャラくて面倒くさいので、あまり会いたくない先輩医師だった。

「おー！　万里緒ちゃーん」

相変わらず軽い調子だ。万里緒は愛想笑いを浮かべ、頭を下げた。

「三枝先生、ここは病棟ですので、私のことは苗字で呼んでください……」

「いいじゃん、万里緒ちゃんで。……そんな嫌そうな顔するなよ」

「いや、別に嫌というわけでは」

はここだよ！」

「ああそうだ、万里緒ちゃんから引き継いだ患者さん、新しく来た先生に診てもらうことになったから。今、検査データをプリントアウトしてる……あ、来た。星奈、カルテはここだよ！」

「はあ……」

「顔に出てるよ」

星奈、と聞いて万里緒がうしろを振り向くと、そこに彼が立っていた。

「万里緒ちゃん、紹介するよ。俺と同期の、星奈千歳だ。今月異動してきたんだけど、腕はばっちりだからね－。それから星奈、この万里緒ちゃんは、消化器内科で今、唯一の女医だよ」

紹介されて、万里緒は緩く笑う。さっそく千歳と接点ができた。

「よろしくお願いします、星奈先生」

「こちらこそ、藤崎先生」

「固い挨拶すんなよ、星奈」

「普通だろ。ところで藤崎先生、患者さんのことを少し聞いてもいいですか？」

「あ、はい。彼女は児童養護施設で料理を作っていて、その仕事が生きがいなんです。それで、一日も早く退院して仕事に復帰することを希望しています」

万里緒が答えると、千歳はカルテを見ながらしきりにうなずく。

それを見ていた三枝が、「成長したよねぇ、万里緒ちゃん」と、いきなり肩を抱いてきた。

まったく、患者の目も看護師の目もあるというのに。

「ちょっ！　手を放してください！　やめてって、いつも言ってるでしょう！」

「いいじゃん、俺と万里緒ちゃんの仲じゃない。この子さぁ、研修医で外科に回ってきたとき、俺が指導医だったんだよ」

三枝が千歳にそう説明している間に、万里緒は彼の腕から逃れた。

「でも、つれないんだよなぁ。俺はいつも可愛いって言ってるのにさ」

「そういうスキンシップが迷惑なんじゃない？」

苦笑しながら答える千歳を見て、万里緒は複雑な気持ちになった。

元指導医に肩を抱かれている万里緒を見て、千歳はどう思っているのだろう。しばらく機能していなかった乙女心が稼働しだした感じだ。

でも、千歳はなんとも思っていない様子だった。

「スキンシップでもなんでもしてプッシュしないと、いつまでも元指導医のままじゃん？」

彼は、いっこうに悪びれず笑っている。そして、こんなことも言った。

「俺もそろそろ本気で頑張らないとね。星奈は教授の覚えもめでたいから、見合いの世話までしてもらえていいけど、俺は自力で相手を見つけないと。あ、星奈。ちなみに見合い相手はどうだったんだ？」

ほんの一瞬だけ、千歳と万里緒の目が合った。

『その見合い相手は私です』と万里緒は心の中でつぶやく。

「そういう話はあとで。今は患者さんのことが第一だ。本人が手術を希望しているなら、さっそく準備を進めよう。ちょっと資料を取ってくる」

そう言って千歳は、ナースステーションを出ていった。

そんな千歳を見送りながら、三枝は話を続ける。

「万里緒ちゃん、あいつ、口調はおっとりしていて、実際にのんびりした性格だけど、仕事は出来過ぎ君だから安心していいよ。腕はピカイチで、何があっても動じない男だ。患者受けもいいんだよなぁ、イイ男だから」

ベテラン外科医の彼がそう言うのだから、その通りなのだろう。叔母が手放しで誉めていたのもうなずける。

千歳を誉める三枝を見て、万里緒は彼のことも誉めておこうという気になった。

「先生だって、消化器内科の看護師たちがカッコイイって騒いでましたよ？」

「マジで？　でも、星奈を見たら星奈のほうがいいと思うに決まってる。整った顔してるし、看護師にも優しいから。おまけに、のんびり屋だけど仕事は早くて的確。あいつは、どこに行ってもモテモテだ。だから、いつも女が切れない」

やや不貞腐(ふてくさ)れたように言う。

「へぇ……いつもいいお相手がいるんですか？」

「そう。あいつさぁ、清潔感のある顔してるだろ。だから女は警戒心を抱かずに近づけるみたい。おまけに優しいし怒らないんだよね。そういうところもモテポイント」

ため息をついて腕を組みながら、ふと思いついたように付け加える。

「もしかして、万里緒ちゃんもトキメいた？」

「は⁉　やめてくださいよ」

「だって俺がこんなに口説(くど)いてんのに、星奈のことじっと見たりしてさ。またかよ、って感じ」

そういう三枝だって、何かと万里緒に絡(から)んでくるが、彼が自分に本気でないのはわかっている。三枝はほかに気になる相手……というか付き合っている医師がこの病院にいることに、万里緒は薄々感づいていた。

そうこうしているうちに、千歳がナースステーションに戻ってきた。

そして、患者のカルテを万里緒の手に戻し、笑みを浮かべて言う。

「患者さんは、不安があるみたいだけど、納得はしているようだから、今日の会議で手術の日程を決めます。明後日(あさって)までには外科病棟へ転科させましょうか」

手際(てぎわ)がいいな、と万里緒は感心した。

「はい、そうしてください。それと！」

万里緒がちょっと語気を強めると、千歳は首を傾げて見つめてくる。

「患者さんのこと……どうかよろしくお願いします」

万里緒が頭を下げると、千歳はうなずいた。

「もちろんです」

その一言は、万里緒の胸に響いた。

千歳がナースステーションを出て行ったあとも、万里緒はそのまましばらくカルテを抱きしめていた。

「カッコイイですねー。言うことも素敵だったなぁ。……あの人、新しい外科の先生ですか？　名前は？」

側にいた若い女性看護師の目がハートマークになっている。

「ああ、星奈先生よ。星奈千歳先生」

「可愛い名前ですね！　いやー、嬉しい。これからもここに来ますよね？」

「そうね、外科医だし」

「うっそー！　みんなに情報流そう！」

看護師は可愛い反応をする。こんなふうにピンク色に染まったような声を出したことが、かつて一度でも万里緒にあっただろうか。たぶん、ない。

「星奈先生って、彼女いるんですかねぇ」

「……っ、さぁね」

「久し振りに、なんか嬉しいです！」

先ほどのナースはナースステーションにいる同僚を集め、さっそく千歳の噂話を始めた。若い女性看護師たちの頬が次々とピンク色に染まっていく。それを見て、万里緒はまたため息をつく。

万里緒も三十歳になったとはいえ、病院ではまだ若い部類に入る。だが中身がオヤジだということは、嫌でも自覚せざるを得ない。ビールが好きだし、焼酎(しょうちゅう)も好きだ。一人で三軒ハシゴすることもある。過去には、一度だけだが朝起きたら枕に砂がたくさんついていたこともある。

そんな万里緒に、女なら誰でも目の色を変えて騒ぐような千歳が振り向くだろうか。

「あり得んだろ、やっぱり」

万里緒は彼にトキメキっぱなしだが、自分の器量では彼を捕まえられる気がしない。

「あり得んけど、頑張りたい気もするんだよね……」

「藤崎先生、さっきから何をつぶやいてるんですか？」

ナースに言われ、万里緒は「こっちのこと」と曖昧(あいまい)に答えておいた。

そして、今は仕事に集中しようと頭を切り替えた。

＊＊＊

今日も遅くなった。そう思いながら、千歳と出会った食堂へ向かう。

夜は居酒屋として営業しているので、深夜十二時まで店は開いているのだ。

「なんか、疲れてるね、マリちゃん」

「そうなんですよ。おじさん、ビールと……っ」

店の中を歩きながら言いかけて、目の前に千歳がいることに気づいた。

千歳は食事の途中らしく、箸(はし)を持ったまま、万里緒を見てにこりと笑う。

そして、どうぞ、と言わんばかりに、隣の椅子(いす)を引いた。

万里緒は促(うなが)されるまま、千歳の隣に座る。

「ビールと、いつもの日替わりを」

「今日はマリちゃんの好きなビールがあるよ、ほら！」

「青島(チンタオ)ビール！　仕入れたんですか？」

「そうだよ」

ニコニコ顔のおじさんに万里緒も笑顔になる。大好きな青島ビールを見てテンションが上がった。が、ふと気づいて隣を見ると、千歳は案の定、笑いを噛み殺していた。

「好きなんだね、青島ビール」

「好きなんですよ、青島ビール」

千歳は、飾りボタンがついたシャツとチノパンという格好だった。とってもよく似合っている。

「そういえば今日、星奈先生のこと、看護師たちがカッコイイって噂してましたよ」

言いながら自分のグラスにビールを注ごうとすると、千歳がそっとビール瓶を奪う。

「女の人が手酌すると嫁ぎ遅れるらしいよ」

「マジですか？」

ずっと手酌だったよ、と内心ツッコんだ。

「迷信だと思うけどね」

そんなやりとりをしている間に、日替わり定食が出てきた。今日はトンカツと野菜炒めだ。さっそく手をつけると、トンカツの衣がサクサクして美味しかった。

「二人とも知り合いかい？」

店主のおじさんが聞いてくる。

「職場が一緒なんですよ」

千歳が答えると、店主は「そうかい」と答えながら隣のテーブルの片づけを済ませ、去っていった。

「そうそう。見合いの日、君に会ったあとすぐに、彼女ときちんと別れたよ。彼女のほうも別れたつもりになってたらしいけど……けじめ、つけたよ」

万里緒が黙っていると、「何か言うことない？　藤崎さん？」と返事を促された。

「……本気ですか？　あり得ないんですけど？」

「何があり得ない？」

「私を選ぶなんて！　もっとこう、うちの看護師みたいな可愛い、ピンクナース的な女性のほうが……」

言いかけて、やめた。千歳が笑ったからだ。

「ピンクナースって何？」

「うちの病院の看護師たちが、星奈先生を見て頬をピンクに染めていたから。そういう素直で可愛い反応をするナース、って意味です」

「君は頬を染めてくれないの？」

千歳は、とんでもないことを言う。

「可愛いだけの女性は好みじゃないって言ったはずだけど？」

「いや、だからですねぇ、星奈先生みたいな、優しくて女の人を切らさないような恋の上級者が、私を選ぶなんてあり得ないんですよ。私、中身はオヤジだし」

「そこがいいって言ったのに」

そう言って、にこ、と笑う。

「面白がってるだけでしょ？」

「もうすぐ三十七のオッサンは、これでも真面目に考えてますよ」

万里緒は言葉に詰まり、箸を動かす手も止まっていた。

「本気にしますよ、色々と」

「本気にしてよ、色々と」

それから千歳は、笑いを噛み殺して続ける。

「やっぱり、僕ら漫才してるみたいだ」

「途中で、心変わりされちゃ困りますよ」

「君こそ、心変わりしないでよね、万里緒さん」

クルリとした目を細めながら、千歳は言った。

「教授にも言ってあるから。見合い話は進んでます、って」

クラッとする。

こんなことが、オヤジな自分の身に起こるなんて。まったく、なんてこったい。

「嫌なの？」

「まさか！　ただ、信じられないだけです。本気ですか？」

「……早く、ご飯食べたら？」

千歳は万里緒の膳を指差し、早く食べろと促す。千歳はすでに食事を終えている。

万里緒も急いで食べて、ビールを飲み干す。

「お会計、お願いします。二人分ね」

「はいよ！」

千歳はさっと立ち上がり、万里緒の分の会計も済ませてしまう。万里緒が遅れて財布を取り出すも、払わせてはもらえなかった。

店を出るとき、店主のおじさんに「マリちゃん！」と呼び止められた。

「はい？」

「頑張れよ！」

「何を？」と聞く前に千歳が店を出たので、慌ててあとを追う。

店外に出ると、千歳は少し行ったところで待っていてくれた。

「家まで送ろうか。車、すぐそこに停めてあるから」

「あー、遠慮しておきます。私の家、ここからちょっと離れてますし」

「いいよ」

それだけ言って千歳が歩き出してしまったので、万里緒も仕方なくついていく。

近くの駐車場には、黒のジープが停めてあった。

「これが星奈先生の車？」

「海に行ったり、山に行ったりするから、大きな車にしたんだ。今年は一緒に行く？」

「さあ乗って」と促されるままに乗り込むと、新車の匂いがした。車高が高く、なんだかとても見晴らしがいい。

「この車、まだ新しいみたいですね。あ、でも、本当にいいんですか？　家まで送ってもらって。それに、さっきの話ですけど……」

言いながら万里緒が千歳のほうに顔を向けると、彼の大きな手が頬に触れ、頬のラインに沿って滑った。それから後頭部をしっかりと掴み、固定される。

何も考える間もなく、気がつけば唇を塞がれていた。

「ん……」

重ねるだけの軽いキス。次いで、角度を変えてもう一度唇が重なる。

『優しいキスだな。星奈先生はこんなキスをするのか』と万里緒は思った。

まだ付き合ってもないのにキスしてしまっていいのだろうか、と躊躇う気持ちもあるが、あまりの心地よさに彼に身体を委ねる。

そんなことを考えている間もキスが止むことはなく、千歳は自分の唇で万里緒の唇を挟み込み、ゆっくりと啄むように弄ぶ。

会ったばかりの人だというのに、こんなにも自然に唇を許してしまっているのが、なんだか不思議だった。

でもそれくらい、万里緒は急速に千歳に惹かれている。

この唇を、ずっと感じていたい。

だけど、柔らかく心地よい唇は、万里緒から離れようとしていた。

離したくなくて唇を追うと、もう一度柔らかい感触が重なる。

それから少し濡れた音を立て、今度こそ唇は離れていった。最後、彼が軽く唇を吸ったから、妙にリアルな音がした。

千歳の顔を見ると、彼の唇は濡れて光っていて、ちょっとエロい。

千歳は唇を離したあと、大きな手で万里緒の襟足を撫でている。なんだか大人な仕草に感じて、ドキドキした。

「この通り、僕は本気だよ」

本気、と聞いて万里緒は小さく何度もうなずいてから、ようやく言葉を紡いだ。

「唇がすごく柔らかくて、痺れました。想像通りです」

「……そんな面白い答えが返ってくるとは思ってもみなかったよ」

笑いを噛み殺す千歳。

「あ、いや、じゃあ、お友達から始めます？」

「どうしてそんなに変な答えばかり用意してんの？」

「変じゃないですよ！」

「大人の付き合いから始めようよ、万里緒」

突然、名前を呼び捨てにされて頭がクラクラしてきた。

「君は、最初から僕と結婚を意識して付き合う気はないの？」

このキュートで整った顔のイケメンが、自分と結婚？

「……私の何をそんなに気に入ってくれたんですか⁉」

「何もかも。強いて一つ挙げるなら、万里緒の唇が柔らかくて痺れたから、かな」

千歳はそう言って、もう一度キスをする。片手で万里緒の後頭部を掴み、もう一方の手は背中を抱きしめて引き寄せる。

今度のキスでは口の中に舌を挿し入れられ、もっともっとクラクラした。

唇を離したあと、万里緒は真剣な顔で千歳に言った。

「気に入ってくれて、ありがとうございます」

大真面目に言っているのに、千歳は笑う。

「……僕を笑わせようとしてんの？　僕は真面目に言っているのだから茶化さないで」

「もちろん茶化してなどいません！」

万里緒は強く言った。

4

先日、キスまでした相手が今、隣に座ってお酒を飲んでいる。

今日は消化器内科と消化器外科の医師グループが集まり、新任の星奈医師の歓迎会が開かれているのだ。

場所は病院近くの居酒屋で、ギョーザと鍋が美味しい店。万里緒はたまにここで一人、ギョーザとビールを頼んだりしている。オヤジっぽい趣味だけど、普段はそんなこと気にしない。

でも、今は気になる。星奈千歳のせいだ。

彼が隣に座ると、意識してしまい、女としての恥じらいが芽生える。大好きなビールやギョーザが進まない。

星奈先生、別に隣に座らなくてもいいんだけど……と思いながら、万里緒はビールをちびちび舐めていた。

「万里緒ちゃーん、飲んでる？」

「はは、飲んでまーす。三枝先生も飲んでますね」

「当たり前じゃん。飲み会は飲むもんだ」

とはいえ万里緒は、飲んでもいまだ、ちっとも酔えない。

「星奈ぁ、隣に座ってるんだから万里緒ちゃんにビールを注いでやれよ？」

三枝はそんなことを言いながら千歳に近づき、彼の肩に腕を回した。

「いつの間にか、ちゃっかり女の隣に腰を落ち着けてるんだから、やらしいな、星奈」

なんて嫌味も言う。

「飲み過ぎじゃないか？　三枝」

千歳はそれに、苦笑しながら答える。

淡々とした口調、低いけれど甘い声。

声まで好みだよチクショウ、と万里緒は心の中でジタバタした。

何もかも好みにぴったりの千歳。ふいに、そんな彼と先日車の中でキスしたことを思い出す。

しかもそのあと、万里緒を家に送り届けながら、こう話してくれたのだ。

三枝に、万里緒と見合いをしたことを打ち明け、結婚を前提に交際をスタートし、話は順調に進んでいると伝えた、と。

口の軽い三枝だから、すぐに周囲に広めるだろうと万里緒は思っていた。

が、「あいつ、意外と口が堅いんだよ」と千歳は笑っていた。彼の言っていた通り、今こうして仕事仲間の飲み会の席でも、三枝は千歳と万里緒の仲をほのめかしもしない。

「俺はもっと飲みたいんだよ！」

三枝がそう言って、空のグラスを千歳に前に差し出した。

千歳は三枝にビールを注いでやっている。

その隙に、万里緒はそっと席を立った。

「万里緒ちゃん、どこ行くんだよ？」

三枝が咎める。

「おトイレです」

「早く戻ってこいよ。そろそろ次の店に行くからなー」

上機嫌な三枝に見送られ、万里緒はトイレに向かった。


万里緒がため息をつきながらトイレから出ると、通路で人とぶつかりそうになった。

「うわ、っとすみません！」

「あ、すみませ……お！　万里緒？」

一瞬、誰だろうと思って反応が遅れたら、相手がすかさず「なんだよ」と不機嫌な声をかけてくる。

「元彼の顔、忘れたのか？」

「忘れるわけないでしょ。どうしてここにいるの？」

「飲み会。お前も？　俺ら職場が近いのに、こうしてばったり会うのは初めてだな」

「そうね。じゃ、バイバイ」

「淡白だな、お前」

「別にいいじゃない」

横を通り抜けようとすると「待てよ」と腕を掴まれた。

「一緒に飲もうぜ。一杯だけ付き合えよ」

「ちょ……っと、やだ！」

抵抗するも、力ずくで腕を引っ張られた。

そして無理やり連れて行かれ、彼の隣に座らされた。

付き合っていた頃から、こういう強引な男なのだ。万里緒はまた、ため息をつく。

「誰だよ、その人」

と、その場にいた彼の仲間に声をかけられた。

「ん？　友達。偶然会ってさ。な？　万里緒」

万里緒は、はは、と緩く笑って、勧められるままにビールを飲み干す。一杯飲めばいいだろう、と思って立ち上がろうとすると「もう一杯飲めよ」と言われた。

ああ、なんでこんなことになったのか。

「それにしても『マリオ』って変わった名前ですねー」

「あは、そうなんです」

笑っとけ、と思いながら、素っ気なく答える。

時計を見ると、もう十時半だ。早く歓迎会の席に戻らなければ、と腰を浮かせた。

「帰るの？　俺と飲み直そう？」

「やだ。無理」

「そう言わずにさ。俺とこの子、先に帰りまーす！」

万里緒は元彼にガシッと手を掴まれた。

「ええっ⁉」

困るよ、と言っても聞いてもらえず、とうとう店の外へ連れ出されてしまう。

「ちょっと、あんたね！　手を放してよ！　私とあんたはもう無関係なの！　生きてる世界も違います！　わかった？　これからはもう会っても声をかけないで！」

「うわ。出たよ、上から目線」

「悪い？」

「そういう可愛くないところ、直んないな」

そのとき、うしろから低くて甘い声が聞こえた。

「勝手に出て行ったら、みんな心配するよ？　藤崎先生」

振り向くと、千歳がいた。実にタイミングのいい登場。まるでドラマみたいだわ、と思う。千歳は手に、万里緒のバッグを持っている。

「すみません。あの、みんなは？」

「飲み直すってもう出て行ったよ」

万里緒にバッグを手渡し、にこりと笑う千歳。

その笑顔、めっちゃツボだ、と万里緒はドキドキしてしまった。

彼のふっくらとした唇に、目が釘付けになる。

この唇に自分の唇を奪われたなんて……

千歳に唇を啄（ついば）まれたときの快感を思い出し、万里緒はこっそり、もう一度キスしたいと考える。元彼に手を掴まれたままだというのに、すっかり眼中になかった。

慌てて気を取り直し、元彼の手を冷たく振り払う。

「じゃあ、私は帰ります。バイバイね」

けれど、彼はまた手を掴んでくる。

「帰る？　いいだろ？　行こうぜ、万里緒」

しつこいな、とうんざりしながら万里緒が振り切ろうとすると、横から千歳が淡々とした口調で言った。

「藤崎先生は、僕と先約がある。ごめんね、放してやって」

　すると、元彼は万里緒を睨みつけてくる。

「そうなんだ？　っていうか、お前もう次の彼氏見つけたのかよ？　彼氏も上から目線っぽくて嫌な感じ」

　元彼は、千歳を見ながら鼻で笑う。

　だが千歳のほうが背も高く体格もいいので、元彼はやや見上げる格好になっている。

　千歳は、静かな声で答えた。

「そう感じるのは、君より僕が年上だからじゃないかな」

「いくつ？」

「三十六だよ」

「見えないっすね。職業は、医者？」

「そうだね」

「ふーん。……なあ、医者ってみんなそうなのか？　万里緒も俺と同い年なのに、やたら上から物を言ってくるし。他の人間とは生きてる世界が違うっていう優越感を持ってるから、そんな態度を取るのか？」

　本当に面倒な奴。

　だいたい「生きてる世界が違う」っていうのは、自分が万里緒に対していつも言っていた言葉じゃないか。

「あんたが勝手にそう思ってるだけでしょ。私、あんたのそういう言い方するところが嫌い。その目つきも嫌い。今さら私の腕を掴んでくるところも嫌い」

はっきり言うと、元彼は舌打ちした。

そんな男を見て、千歳は穏やかな声で諭す。

「他人に劣等感ばかり抱いている自分を反省したらどうかな？　卑屈に捉えすぎているように思える」

そして千歳は笑顔で万里緒の腕を引いて歩き出した。

路地の角を曲がったところで、千歳は万里緒の腕を離す。

「すみません。まさか、あの、会うとは思わなくて」

「あんな男と付き合うなんて、趣味が悪いな」

「……後悔してます」

「彼と付き合った教訓を生かして、見合いの条件を提示したの？」

「条件？」

「年上で、穏やかな性格、仕事ができるイケメンがご希望、だったっけ？」

万里緒の見合いのいきさつを知る、消化器外科の医師仲間から聞いたのだと千歳は言った。

万里緒は目を丸くして驚いた。

「違いますよ！　私はただ、医師という仕事を否定的に捉えない男性、どうせならイケメンがいいと言っただけです。って、それで星奈先生はお見合いする羽目になったんだから、いい迷惑ですよね……ごめんなさい。気を悪くしないでほしいです……」

「あんな感じの男性と付き合ってたら、自分の仕事を否定された気分になっただろうね」

「……はい」

「だったら万里緒にとって、それはどうでもいい条件じゃなかったはずだろ？」

「……私、実家が病院を経営していて、医師になってからもなる前も、いつも周囲に偉そうにしてるって言われ続けてきて。だから、私のことをそういう目で見ない男性と知り合いたかったんです。恥ずかしい話ですが、私、今まで本当にろくな恋愛をしてこなかったんです。だから……星奈先生に出会えたことは、私にとって奇跡みたい。すごく幸運だと思ってます」

「…………」

「すみません、変なこと言っちゃって……星奈先生が私のことを気に入ったとか言ってくれるから、舞い上がって、なんか調子狂っちゃう……」

　何を言ってるんだろう私、と思っていると、いきなり肩を引き寄せられ、千歳の顔が近づいてきた。

　柔らかい唇を、自らの唇で受け止める。

千歳は一度だけ舌を絡ませ、そして小さくチュッと音を立てて唇を離した。

心臓の鼓動が速まる。

にこりと笑う千歳の口元を見て、いっそうドキドキする。

「それで、僕に気に入ったと言われた、君の気持ちはどうなの？」

「私は食堂で初めて会ったときから、ずっとドキドキしてます。あの日、星奈先生が店を出て行ったあと、思わず追いかけちゃったくらい……。うしろ姿のヒップラインとか、すっごい好みで。細身だけど肩や骨格がしっかりした体型とか！　も、なんか、お見合いで会ったとき、嬉しくって見惚れちゃって！」

「ヒップライン？」

万里緒はそこでハッとし、しくじったことに気づいた。なんてこったい。どうしてこう、オヤジ臭いことをわざわざ口に出してしまったのだろう。

「い、いや、ヒップラインは……はは……どうでもいいのです」

「君は一体、男のどこを見てんの？」

「嫌らしい目で見てたわけじゃないんです！」

「うん、それで？」

「星奈先生のすべてがツボったんですよ！」

「ありがとう。僕も万里緒が、ツボってるよ」

その言葉に一瞬、呼吸が止まった。

「どうしたの？」

「……いや、あの、本当に、本当ですか？」

「なにが？」

「私のこと、マジで、気に入ってくれてます？」

「うん」

「け……っ」

「ん？」

「結婚、をマジで考えるくらい、気に入ってくれてますか？」

興奮しすぎて、万里緒のほうから「結婚」の二文字を出してしまった。

「君って、本当に面白いなぁ」

「からかわないでください！　私は真面目に聞いてるんです！」

「スピード婚になるよ？」

へ？　と瞬きしていると、千歳の指がスッと伸びてきて万里緒の睫毛に触れた。

「それでいいなら、真面目に話を進めるけど」

「……それは……近いうちに結婚、という……ことでしょうか？」

「そういうことですね。君もそんなに僕のことを気に入ってくれているなら」

嬉しすぎて、鼻水が出そうだった。それを必死にこらえて、千歳の目をじっと見つめる。

「僕のヒップライン、直に見たいんでしょ？」

噴き出しながら千歳が言う。

だが、すぐに笑いをおさめ、真剣な表情でこうささやいた。

「結婚しよう？　万里緒」

もちろんそのあと、こらえきれずにまた笑っていたけれど――

＊＊＊

数日後、千歳が万里緒の実家に挨拶に来た。

仲人である叔母にも、そのことを伝えたら、上機嫌で祝福してくれた。自分が取り仕切った縁談がまとまり、鼻高々なのだろう。

そんな叔母も今、万里緒の家にやって来て、事のなりゆきを見守っている。

千歳はきちんとスーツを着込み、物怖じすることなく、万里緒の父と母に言う。

「お嬢さんと結婚させてください」

あまりに突然な出来事に父はやや放心しながらも「万里緒を幸せにしてくれるなら、やらんでもない」なんてことを言っている。

千歳は「ありがとうございます」と頭を下げた。

五人でリビングに集まってお茶をしていると、能天気な叔母が、こんなことを言い出す。

「こんなに早く結婚が決まるなんて、星奈先生は万里緒のために生まれてきたようなもんだわぁ。世話を焼いた甲斐があったわ。どう、私もやるもんでしょ？　星奈先生のほうでは、お式はいつでもいい、ですって。どうしましょう、兄さん」

「そうだなぁ……やっと万里緒がその気になってくれたのは嬉しいが、嫁にやるとなると、なんだか惜しいなぁ」

「兄さんったら、またそんなことを言って。女の子はお嫁にいってなんぼです。手放したくないのはわかるけれど、ここは腹をくくって。万里緒の幸せのためですよ！」

「そうだなぁ。母さんは、どう思ってるんだ？」

「万里緒がいいと言っているなら、いいじゃありませんか。万里緒、星奈さんと結婚することに異存ないのよね？　お嫁にいくのよね？」

「う、うん。お父さんとお母さんが許してくれるなら……星奈先生と結婚したい」

父はため息をつき、「そうか、わかった」とつぶやいた。

「そうと決まれば、善は急げ、よ。すぐにでも式を挙げられる会場を探してみるわ。兄さん、それからお義姉さんも、式場選びは私に任せて！　ドレスや婚礼料理、それに引き出物も決めないといけないから、これから忙しくなるわよ。万里緒、あんたも頑張ってちょうだいね！」

バンバン、と背中を叩かれてウッとなる。

というか、もう花嫁衣裳ですか？　とツッコみたい。そんな万里緒の気持ちなどお構いなしに、叔母は母とドレスやティアラの話に夢中になっている。

「万里緒、本当にいくのか……」

父はつぶやきながら、遠い目をする。

そんな父の姿を見ていたら、万里緒は少し切ない気持ちになってきて席を立つ。

「私、このあと星奈先生の実家に誘われてるから、い……行ってくるね」

「よし、行ってきなさい。後日また、俺と母さんも万里緒と一緒にご挨拶に伺うから」

「万里緒、あちらのご両親にきちんとご挨拶をするのよ」

「はい、わかりました」

母の言葉にうなずく。

「結婚したら星奈万里緒になるのねぇ……。可愛い名前」

母は夢見るような顔をしてつぶやく。

「そんなのまだ先だよ。お母さん、夢見る夢子にならないでよ」

そこで、叔母の叱責が飛んできた。

「万里緒！　そんな可愛げのないこと言わないのよ！　結婚したら末長く星奈万里緒で

いるための努力をしないと！」

そんなふうに、実ににぎやかに家を送り出されたのだった。

家を出ると、千歳がこんな感想を漏らす。

「ご実家の病院、ずいぶん立派だね」

もしかして藤崎病院が欲しいと暗に言っている？　と万里緒は一瞬思ったが、それはあり得ない話だとすぐにその考えを打ち消した。

以前千歳の口からも「君のご実家の病院を継ぐ意思はない」と、はっきり聞いている。

彼のことを信じているのに、そういう思いがよぎってしまうのは、千歳の心が読みにくいからだ。いつも言葉少なく、淡々としていて、冷静で――

千歳はこんなに早く、自分との結婚を決めてしまってよかったのか。万里緒はすごく嬉しいけれど、彼は自分のことを面白い人物くらいにしか思っていないんじゃないかと、不安になる。

いつもはポジティブで気の強い万里緒も、あまりに上手く物事が運びすぎていて、ちょっと怖くなるのだ。

しばらく歩くと、千歳の愛車である黒のジープが停まっている場所にたどり着く。

そして二人で、千歳の車に乗り込んだ。

万里緒は助手席でシートベルトを締めながら、千歳をじっと見つめる。

「どうしたの？」

「星奈先生、本当に私でいいんでしょうか？」

「ん？　私で？」

千歳は緩く笑いながら、車を発進させた。

「万里緒こそ、僕で大丈夫？」

「へ？　あ、当たり前ですよ。めっちゃ好みだし、優しいし、そんな人がこんな私でいいって言ってんですから！　ただ、なんか、えっと、星奈先生は私のことを好きというより、面白い人くらいに思っているような気がして……。このままいくと、うちの叔母さんもうるさいし、マジで結婚する羽目になるけど大丈夫かなって思ったんです。どうあがいても逃げられなくなりますよ！」

慌てて一気に喋ると、千歳が噴き出した。

「君の言うことに、僕はいつも笑ってばっかりだね」

千歳は、なおも笑っている。

「正直、お見合いそのものは嫌々だったよ」

そこで千歳はひとつ深呼吸をし、言葉を続けた。

「でも、万里緒と会って思ったわけ」

ちょうど信号が赤になって車が止まり、千歳がこちらを見る。

「君のために僕がいるかな、と」

にこり、と笑顔を見せる千歳。

「君と漫才っぽく話しながら結婚して……」

信号が青に変わった。

千歳は視線を前方に戻し、アクセルを踏み込んで車を発進させる。

その間が、やけに長かった。

万里緒は続く言葉を待ちきれず、千歳を促(うなが)す。

「漫才っぽく話しながら結婚して、何ですか？」

千歳が笑う。万里緒にはそれが、キラキラして見える。

「結婚してから、恋を始めるのもいいかな、と」

こんなことを言ってくれる人、もう絶対に現れない。絶対に、絶対だ。

万里緒が感動して言葉を発せないでいると、沈黙に耐えかねたのか、千歳がプハッと噴き出す。

「なんだか、自分で言っておいて、照れる」

こんなに素敵なイケメンが、もうすぐ自分の夫になる！　万里緒は喜びを噛みしめた。

5

彼の実家に行くのは、もちろん今日が初めて。万里緒は、ものすごく緊張していた。

「万里緒の家と違って、うちは普通の家だからね」

家の前までたどり着いたとき、万里緒の様子を察した千歳が和ませようと声をかけてくれる。

少し平静を取り戻し、自分が千歳の家族について何も知らないことに気づき、慌てて問いかける。

「そういえば、星奈先生って一人っ子、ですか？」

「んー……まぁ……そうだったんだけど」

千歳は苦笑して、家に上がればわかるよ、と言ってインターホンを押す。

すると、中から出てきたのは若い美人。

「お帰りなさい！　千歳」

その美人が千歳を抱きしめるのを見て、万里緒は目を瞠ってしまった。

「おかえりなさーい！」

続いて、小さな女の子が登場し、千歳の足にしがみつく。

「ただいま、花実。しばらく見ないうちに、お姉さんになったね」

「なった？」

「なった」

女の子を抱き上げ、頭を撫でる千歳。どう見ても親子にしか見えない。まさか、千歳にはすでに子供が……

ハナミ、と呼ばれた女の子は、万里緒のことをじっと見ていた。そしてにこりと笑う。その笑顔がとっても可愛い。

「あの、星奈先生？」

「あ、上がって。父も待ってるから」

千歳は女の子を抱き上げたまま、室内を進んでいった。

「どうぞ、上がって」

先ほどの美人が、万里緒にスリッパを出してくれた。

訳がわからないまま万里緒がリビングまで進む間も、千歳と女の子は楽しげにお喋りしている。

「花実、いくつになった？」

「もう、五歳だよ、ちとせ。忘れないでよ」

小さな手をいっぱいに開くその仕草が、なんとも可愛い。

リビングに着くと、千歳の父親と思しき男性が椅子に腰掛けていた。

「お帰り千歳。万里緒さんも、ようこそ」

万里緒ははっとして、急いで頭を下げる。

「藤崎万里緒です。お邪魔します」

「そう固くならずに。花実、こっちへおいで」

女の子は千歳の腕から降り、千歳の父のもとへ向かう。

「初めまして、千歳の父です。この子は娘の花実。そして、妻の知花」

千歳の父が言うと、美人がお辞儀をした。

「……はぁっ⁉」

つい素っ頓狂な声が出てしまい、慌てて口を押さえた。

それを見ていた千歳は、横を向いて笑いを噛み殺している。

「え⁉　妹、さん？」

「そうだよ。僕の子じゃなくて、父の子。妹の花実、可愛いでしょ？」

僕の子じゃなくて、とわざわざ言うのは、万里緒の考えを読んでいたからだろう。

「年甲斐もなく、子供を作ってしまって……千歳とこの子は三十一も歳が離れていますよ」

照れたように言う千歳の父を見て、万里緒はまた頭を下げた。

「すみません、失礼な態度をとって」

「いやいや、気にしないでください。それより、お腹は空いてますか?」

夕食は千歳の実家で、ということになっていた。

「いっぱい作ったから、しっかり食べて行ってね、万里緒さん」

知花がそう言って食器棚から皿やグラスを取り出した。あまりに手際がよくて、手伝います、の一言さえ口にできなかった。

「ここに座って、万里緒」

千歳に椅子を勧められた。

テーブルの上には、美味しそうな料理がたくさん並んでいる。

「知花は僕の継母にあたる人だけど、実は僕と大学の同期なんだ。彼女も現役の外科医なんだよ」

「へ? そうなんですか」

「ええ。千歳はぼーっとしてるから、まだ当分は一人でいると思ってたんだけど、いきなり結婚が決まって、しかもお相手の万里緒さんも医師だと聞いてびっくりしちゃった」

千歳、と名前で呼ぶところに親しさを感じる。「余計な御世話だよ」と苦笑している千歳を見ても、二人の間に長い歴史があることがわかった。

さぁ食べて、と知花に言われて、料理を口に運んだ。どれもとても美味しい。

「あ、そうだ。青島ビールがお好きなのよね？」

知花が立ち上がって、冷蔵庫から瓶ビールとグラスを運んでくれた。

ビールもグラスもよく冷えている。なんてできる女性なんだろう、と改めて感心させられた。

「あ、いや、あの……今日は結構です」

「どうして？　遠慮しないで」

千歳がそう言いながら、栓抜きでビールを開け、グラスに注いでくれた。これはもう飲まないわけにはいかない。

「千歳は普通のビール？　……あ、車で来てるのか。じゃあ、ジンジャーエールでもどう？」

「ああ、飲む」

千歳と知花は、互いをよく知りつくしているようだ。話に花が咲き、話題があちこち飛んでも、二人ともお構いなしだ。

イケメンの千歳と、美人の知花。容姿的にも、とてもお似合いな気がして、万里緒はなんだかいたたまれない。

「万里緒さんって可愛いわね」

知花からいきなり言われて、びっくりした。

「は？」

「知花もそう思うだろ？　ちょっと垂れ目なところが可愛いんだ」

千歳まで、そんなことを言う。

「若い子もらえてよかったわね、千歳。もうすぐ三十七のオッサンが」

「そっちこそ、三十七のオバサンのくせに」

いや若くないけれども、と万里緒は心の中でツッコむ。

二人の親しげなやりとりを見ていたら、なんだか食事が喉を通らなくなってきた。知花は千歳の父の奥さんだということを頭では理解しているけれど、やはり嫉妬はしてしまうのだ。

「今日はビールが進まないね」

千歳に言われ、慌ててビールを飲んだ。

いつもはフルーティーで美味しい青島ビールが、今日はただの炭酸飲料みたいに味気なく感じた。

＊＊＊

「なんだか、元気がなかったね」

帰りの車中で千歳が声をかけてくる。

「え？　そうですか？」

「青島ビールを一本も空けなかった」

「すみません。知花さんがせっかく用意しておいてくれたのに」

「緊張した？」

「はい」

ため息をつくと、千歳が少しだけ笑った。

「うちはちょっと特殊な家庭だから、色々ツッコみたかった？」

「いえ、そんなことは……」

「じゃあ、どうしてそんな顔してるの？」

どんな顔だ？　と思っていると「浮かない顔だよ」と言われた。

「今日はあまり二人で話もできなかったから、このあと家に来る？」

「イエ？」

「うん」

「どこの、ですか？」

「僕の」

「いえ、滅相もない。今日はまっすぐ帰ります！ 心配かけてすみませんでした！ ここから一番近い電車の駅前で降ろしてくれたら、一人で帰りますので」

慌てて言うと、今度は千歳がため息をつく。

「来たくない？」

「いえ、そういうわけでは。ただ、今日は帰りたいな、と」

「見たいだろうと思ってたのに」

「何を、ですか？」

「僕の、ヒップライン」

千歳が万里緒を誘っている。そう気づき、顔から火が出そうなほど赤面した万里緒は首を横に振った。

「星奈先生とは、まだ、その、それを見る仲には……なれないかも、って」

途切れ途切れに万里緒は言った。こういうとき、信号というのは厄介な存在だ。赤信号で停車するたび、千歳は万里緒の目を覗き込んでくる。

そして千歳は、何度目かの目を合わせたとき「そう。わかった」と一言だけ静かに答えた。

その姿を見て、万里緒は慌てて言い添える。

「あの、今日は、ということで。結婚の日取りもまだ決まってないし、先のことはわからないから」

千歳のヒップラインはとても魅力的で見てみたいと思うけれど、なんだか今はそんな気持ちになれない。

千歳が知花とあんまり仲良さそうで、入り込めない雰囲気だったから……

自分でもつまらない嫉妬心だと自覚しているけれど、そう思ってしまったのだから仕方ない。

「先のことはわからない、なんてことないじゃない。結婚するって、君の親にも挨拶したし」

「あ、ですけど……いきなり、は……」

「じゃあ、君の家まで送ればいいかな？」

「はい。すみません」

そのあとは、ほとんど話をしなかった。

車を降りて礼を言うと、千歳は「またね」といつものキュートな笑みを浮かべる。

万里緒は家に帰ってから反省した。

「ヒップライン……惜しかったかもだけど」

でもなんだか、そんな気になれなかった。

千歳とその継母との仲を疑っているわけではない。千歳がそんな人じゃないことは、わかりすぎるほどわかっているつもりだった。

ふう、とため息をついてホッとしたら、お腹が空いてきた。千歳の家であまり食が進まなかったのだ。

万里緒は冷ご飯を温めてお茶漬けを作ることにした。

あんな態度を取ってしまって、きっと千歳は気分を害しただろうなと思いながら、またため息をついた。

＊＊＊

「お前、結婚するんだってな？」

翌日、仕事に行くと突然、先輩医師に声をかけられた。

「へっ⁉　何で知ってるんすか⁉」

「噂になってるぞ。しかも、その結婚相手っていうのが星奈らしいじゃん？」

ニヤ、と笑って肘で突く彼に、万里緒は「やめてくださいよ」と応酬した。

それにしても、こんなに早く結婚の話が広まるとは思わなかった。早すぎないか？と思う。

「星奈はできる外科医で、しかもイイ男だぞ。いつの間に結婚なんて話になったんだよ。っていうか、お前大丈夫なのか？」

なんだかバカにされているような気がして、万里緒はムッとした。

「大丈夫かって、どういうことですか!」

「だって来月の頭から半年間、北海道勤務が決まったそうじゃないか」

「は!?」

「半年間と言いながら、たぶん一年になるだろうな。結婚したばかりの異動で大変だろうけど、でもまぁ新婚生活はあとの楽しみっていうことにすればいいんだから、気をつけて行ってこいよ」

　来月の頭からということは、あと二週間くらいしかない。万里緒にしてみれば寝耳に水だ。そんな急な話が、いつどこで決まったのか。しかも、結婚の話が持ち上がっているこの時期になぜ?

　ちょうどそこへタイミングよく、消化器内科部長が医局のドアを開けた。

「藤崎、話がある」

　こっちに来い、と手招きしている。

　異動の件だろうか?

　部長は内科のカンファレンス室へ万里緒を連れて行き、あからさまにため息をついた。

「藤崎、本当に星奈と結婚するのか?」

「……はい、一応」

「結婚式は二ヶ月後だって言うじゃないか」

「そうなんです。とはいえ急なことで、昨日あちらの家に挨拶に伺ったばかりで」

「星奈と、いつからそういう関係なんだ？　……まぁいい。結婚しようが何しようが、これは仕事だから割り切ってもらいたい。お前は北海道のE大学附属病院に半年から一年勤務するという辞令が下った。ついこの間まで星奈がいたところで、待遇はいいし、住居マンションなどの設備も整っている。結婚休暇はきちんと取れるよう、向こうの病院に言っておく。しかしなあ、君ももう勤続五年目だから、そろそろ異動を視野に入れて人生設計をすればよかったのに……私も既婚者だからよく承知しているつもりだが、夫婦が別れ別れに暮らすのは何かと大変だぞ。しかも、相手はあの星奈だ」

部長は千歳のことをよく知っているような口ぶりだった。

「星奈はうちの外科に入局して以来、あちこちの附属病院を渡り歩いてきた男だ。海外支援部隊に所属して、何度となく派遣された実績もある。仕事ができる上、穏やかな性格で、ナースにも患者にも受けがいい。それに、あの顔とスタイルだろう。入局当時からよくモテたし、三十半ばを過ぎてもいまだに魅力は衰えていない。高嶺の花だとわかっていても、言い寄る女性は多いだろう。そんな男を、一体どうやって落としたんだ？」

「単なる、お見合いですよ。そうしたらトントン拍子で話が進んで……でも私生活と仕事の区別はきちんとつけます。異動の件、承知しました。私も経験を積まないとダメですよね。二週間後から、ですね？」

「ああ、そうだ。お前の患者は振りわけておく」

「はい……」

それにしても、と部長は笑いながら話を蒸し返した。

「星奈の奴、お前のどこが気に入ったんだかな。気が強くて、上司に楯つくこともあるというのに？」

「すみませんね、楯ついて。でもそれは、治療方針に関して見解が異なる場合だけです！　それに、彼が私のどこを気に入ったかなんて知りませんよ。星奈先生に聞いてください」

「それで藤崎、お前は星奈のどこが気に入った？」

「ニヤニヤしながら聞かないでください。……穏やかなところと、あと……唇とか」

「唇？　そういえば、星奈は唇がセクシーだってナースの間でも評判だよな。アヒル口って言うらしいじゃないか？」

部長はいつも万里緒に対してこうだ。からかい半分、指導半分、という感じ。だからこそ意見も言いやすい相手なのだけれど。

「実を言うと、星奈は医局長候補、そして外科部長候補なんだよ。あいつの手術、見たことあるか？　素早く正確で、状況に応じた切り替えも早い。術式が変わっても、冷静に対応することができる。星奈は外科医になるために生まれたという感じの男だ」

部長の内科医としての仕事ぶりは素晴らしい。その彼が千歳をこれほど誉めているのだから、本当にすごいことだと思う。

「ああ、そうそう。星奈にもお前の転勤のこと、伝えておいた。普段冷静な男がかなり驚いていたぞ。決まったことは覆せないが、よく二人で話し合ってくれ。見合いで結婚するなら、お互いをまだよく知らんだろ？」

部長は最後に万里緒の肩をポンと軽く叩いて出て行った。万里緒は軽く頭を下げ、一息吐いた。

なんだかホッとした。ずっと千歳の側にいるわけではないことに、なぜかホッとしたのだ。また昨日みたいなことがあると、千歳に不快な思いをさせてしまうし、千歳がいつも万里緒と一緒にいたがるとも思えなかったのだ。

昨日、あんなふうに誘われたのは千歳が、いずれは夫婦になるのだからと配慮を働かせたためだろう。

内科カンファレンス室から病棟へ戻る通路で、万里緒は千歳と出くわした。いつも通り笑顔で軽く頭を下げ、通り過ぎようとすると、手を掴まれた。

「君に会いに来たのに、通り過ぎないで」

そして、にこ、と笑って白衣のポケットから鍵を取り出した。

「今日、僕の家に来て」

「え……？」

「話したいことがあるから。今日は定例の外科カンファレンスで遅くなる。だから、僕の家で待っていてほしい。このメモに書いたのが住所。必ず待っていて。いいね？」

いつになく緊張した面持ちで念を押された。

万里緒が「はい」と返事をすると、千歳の表情が和らぎ、いつもの笑顔に戻った。

万里緒は渡されたメモと鍵を強く握りしめた。

6

仕事を終えるなり、タクシーに飛び乗った。

千歳の住むマンションは、職場にも彼の実家にも近い場所にあった。

マンションのエントランスロビーに入り、オートロックキーを所定の位置にかざす。

大きな扉が自動で開き、エレベーターへと続く通路が目の前に現れた。

「立派なマンション……」

メモを見て部屋番号を確かめ、ドアに鍵を差し込んで開けようとした。

だが、ここで一人で千歳を待つのはなんだか嫌だった。やっぱりどこかで時間をつぶしてから出直そうと、ふたたびエントランスロビーから外に出ようとしたとき――

「どこに行くの？　万里緒」

千歳に呼び止められた。

「いや、別に。あの、コンビニにでも行こうかと」

「コンビニなら、もう行ったんじゃないの？　その袋、コンビニのでしょ？」

「あ、これは病院の近くのコンビニで飲み物とか買って……いや、別に、部屋に入りたくないとかそういうんじゃないんですよ！　でも、初めて来たうちに勝手に上がるのはどうかと思って……」

「僕と一緒ならいい？」

そう言われて、思わずうなずく万里緒。

エレベーターに乗ると、千歳は万里緒をじっと見つめて聞いた。

「昨日、僕の実家で嫌なことでもあった？」

「嫌なことはないです」

「じゃあ、何か不機嫌になることがあった？」

「そんなことないです」

「嘘をつかないで。君の顔、不機嫌そうだった」

千歳を見上げると、目が笑っていない。

万里緒が何も答えられないでいるうちに目的階に着いた。

「僕、何かしたかな？」

そう言いながら千歳は鍵を差し込んでドアを開けると、すぐに電気のスイッチを押した。

「上がって」

千歳は万里緒が靴を脱ぐまで見届けてから、自分も靴を脱いだ。

リビングルームにソファとテーブルが置かれていて、どこでも好きな位置に座るように言われた。

「お腹空いてる？」

「あ、いえ、お構いなく」

実は空腹だけれど、ここで食べたら長居をしてしまう。

千歳はあからさまに、ため息をついた。

「いつもは言いたいこと言うくせに、今日はどうして言わないわけ？　君が何を考えているのかわからない。どうしてそんなにツンケンするの？　それに、二週間後には北海道に転勤だろ？　君、断らなかったんだってね。内科部長から聞いたよ」

「断れるわけないですよ！　私は医師としてまだ駆け出しで、今の病院でしか働いたことがないし、別の病院も経験させたいっていう部長の気持ちもわかるし……」

「結婚するからという理由で断れたかもしれない」

「そんなの私だけ、できないですよ！　星奈先生だって、今までいろんなところ、行ったでしょ？」

「それじゃあ、転勤の件はともかくとして、昨日、どんな気に入らないことがあった？　……もしかして、知花？」

　この人はなぜこうも万里緒の気持ちを的確に読んでしまうのだろう。

「知花は友達。しかも父の奥さんだ。何を変な想像してるわけ？」

「……へ、変な想像して悪いですか？　あれだけ美人だし……」

「信じられないな。知花はそういう女じゃないし、僕も知花に対して友達以上の感情なんて何もない」

　千歳は明らかに、万里緒の言葉に引いている。その日が、万里緒の卑しい想像を非難している。

「すみません、こんな奴で。……今なら間に合います。私、これから北海道ですし、転勤のために結婚を延期したとでも言ってお茶を濁しておけば、周りから変に詮索されることもないでしょう。叔母に式場の予約をキャンセルするように言っておきます」

「何、言ってるの？」

「……やっぱり、星奈先生みたいな素敵な人に、私は不釣り合いです」

　万里緒は自己嫌悪に駆られ、部屋から出て行こうとした。

「待って！　万里緒！」

強い力で手を掴まれた。引き寄せられそうになるが、全力で踏ん張る。

「もう！　放せ！　バカっ！」

「は？　バカ？」

「今、引き止めるところじゃないですよ！　もう……痛い！」

痛い、と言うと、千歳がパッと手を離したので、万里緒は玄関近くで勢いよく倒れてしまった。

「いった！」

「ごめん、大丈夫？」

「平気です。お邪魔しました」

「だから待ってって！」

もう一度腕を掴まれ、そのまま万里緒は抱きしめられた。

「何するんですか！」

「おとなしくして、万里緒」

大きな手が万里緒の背中を撫でる。

万里緒は抗うことをやめ、鼻から大きく息を吐いた。

「結婚しようって言ったでしょ？」

「……だからなんですか？」

「君を手に入れないと気が済まない」

「何ですか？　私、モノじゃないですよ！」

「わかってる。知花と僕のことを変な目で見ていたと知り、気分悪かったし、バカって言われてちょっと頭にきた。君が僕とは不釣り合いだと言ったことには、もっと頭にきた。それに、式場をキャンセルするの、今ならまだ間に合うって何それって感じだ」

　万里緒は返す言葉もなかった。

「君が僕を好きだと言ってくれたのは嬉しかった。僕も、君のことがこんなにツボにはまっていて、今までにないくらい惹かれている。だから、余計に頭にきたんだよ。万里緒、僕と結婚してくれないの？」

千歳の低く甘い声で「惹かれている」と言われ、心臓が一気に高鳴った。

「いつかまた、君が他の男と見合いをして、その男のものになるなんて、僕には耐えられない」

「知花さんとのことを疑っていた私でも？」

「うん」

「け、結婚したいほど好きですか？」

「そうやって面と向かって聞かれると、照れる。……うん。好きだよ」

だから、と千歳は念を押すように言った。

「知花とのことはともかく、もうあんなこと言わないでね。僕は、君に誠実だから」

にこ、と笑う千歳に、万里緒は見惚れていた。やっぱりカッコよくて、素敵だ。

「返事は？」

「はい」

「……それにしても、どうしてこのタイミングで北海道転勤なんだ。確かに経験を積むことは必要だけど……」

「結婚後、少し休暇が取れるよう配慮するとは言ってくれました」

「せめてそれくらいしてもらいたいね。籍はいつ入れようか？」

籍、という具体的な言葉を聞いて顔が熱くなった。籍を入れるということは、正式に千歳の妻になるということだ。

「……ねえ、婚前交渉はしていいのかな？」

悪戯っぽく言いながら、千歳は万里緒の手を握った。

そのまま千歳は、自分のウエストに万里緒の手を誘導した。

腰から下へゆっくりと、万里緒の手を自分の身体に触れさせる。

万里緒がずっと気にしていたヒップラインに手がかかり、曲線を描く臀部中央より少し下で万里緒の手を止めた。

千歳はなぜこんなふうに身体に触れさせるのだろう。不思議に思って彼の目を覗き込むと、千歳が問いかけてくる。

「なに？　その顔」

千歳はなんだか不満そうだ。

「へっ⁉」

「万里緒、僕のこと男として見てないんじゃない？」

「みっ、見てますよ。見てますとも！」

「じゃあどうして、『こんなことしそうな人じゃないのに』って言いたそうな顔してるんだ？　それってまるきり、僕とこういう関係になることを考えてなかったみたいだ」

「そ、そんな顔してませんよ！」

「してる」

千歳は首を傾けながら顔を近づけてきた。

だが万里緒は一度顔を逸らす。

――このまま雰囲気に流されてしまって、本当にいいのか。

「あ、あの、ゴムもないし、やぁ……その、またの機会にした方がいいかなって。今日のところは、キュートなヒップラインに触れさせてもらえただけで十分かなって……」

「ヒップライン？　そういえば、前にもそんなこと言ってたね」

「ええ、まぁ」

「僕のここ、そんなに気に入ってるの？」

「ここ」と言いながら千歳は、万里緒の手を自分の臀部に押しつけた。それだけでまた心臓がドキドキし、セクシャルな雰囲気が高まる。

「……またの機会じゃなくても、ゴムならあるよ」

「な、何でですか!?」

「万里緒といつそういう関係になってもいいように、実は買っておいたんだ。でも、昨日は来てもらえなかったし」

ふ、と笑って万里緒に顔を近づける。

「いや、あの、でも今日は、ちょっと……」

「北海道行きまで二週間もないよね？　結婚式も二ヶ月後だし。今を逃すと、これからどんどん忙しくなるから時間が取れないいんじゃないかな？」

「……身体の相性が悪くてポイ、だったら困るので！」

「そんなことしないよ」

「や、そうでしょうけど！」

「ねぇ。今日はもう、こんな漫才はやめない？　焦らさないで」

「こんなに早くしちゃったら、あとの楽しみがなくなりますよ！」

「……僕だって男だよ、万里緒。我慢には限界がある」

そう言って万里緒の手を解放したのはいいが、今度は子供のように抱き上げてしまった。

「うわっ！」

「色気ないね」

千歳は苦笑しながらドアを足で蹴り、寝室へと万里緒を運んだ。

「君から患者を紹介された日、万里緒が水着姿で映っている写真を外科医仲間から見せられた」

「え？　ああ、慰安旅行でハワイへ行ったときの？」

「綺麗な身体してるんだね」

「な、なな、なに言ってんすか」

「白のビキニ、似合ってたよ。そいつ、君を隠し撮りしたものを何枚も持っていたから、全部消去しておいたけど」

あのときのビキニ姿を見られたなんて、恥ずかしい。

「胸もそれなりに大きいし、ヒップラインも可愛い」

いやいや、あなたのヒップラインの方が魅力的ですけど、などと思っているうちに、ベッドに下ろされた。

千歳はベッドの脇に膝をつき、万里緒をじっと見ている。

「あ、あれはですね、パットの効果も……っ」

千歳の大きな両手が万里緒の胸を包み込むように撫でた。

服の上からだったけれど、万里緒はもう何も言えなくなってしまった。

「あの写真を見たときから、欲しかった」

室内は暗いが、だんだん目が慣れてきたので、表情もわかる。

千歳の万里緒を見る目に熱がこもっている。

もう逃げられない、と万里緒は思った。

思ったけれど、このままではいかん！　と思い直して視線を外す。

「あの、こ、婚前交渉は、ダメです！　籍、籍を入れたあと、ならいいですけど……っあ」

だが万里緒の抵抗も空しく、下着越しに胸の頂点を指で摘まれ、ん、と甘い声が出てしまった。

「じゃあ、一回した後、籍を入れに行こう」

「へっ⁉」

「役所は二十四時間いつでも、婚姻届を受け取ってくれるよ」

千歳の手が万里緒の足の上を這う。そして彼は、慣れた手つきで万里緒の穿いていたカーゴパンツのボタンを外した。

「じょ、上手ですね」

「なにが？」

「パンツのボタン、外すの」

「僕も同じようなパンツ穿いてるから、片手でボタンを外すくらい、簡単」

「そういうもの、ですか」

「そういうものです」

万里緒はカーゴパンツをずり下ろされ、下着が半分ほど見えている。

千歳はさらにジッパーに手をかけ、ゆっくりと下げていった。ゆっくりと、だがどこか焦れた様子だ。

「私が、欲しいんですか？」

聞くのもどうかしていると思ったけど、でも聞いてみたかった。

千歳がどんなふうに答えるか、知りたかった。

「うん、欲しいね」

千歳らしい、淡々とした返事だった。

「本当にこのあと、籍、入れに行きますか？　本当の本当に？」

しつこいかも、と思ったが、確かめておきたかった。

「もちろん」

即答された。

本当にいいのか。

だって、これで人生が決まっちゃうよ。

「いいんですか？　私で」

さらにしつこく言うと、千歳は手を止めた。

万里緒は、さらに言葉を続ける。

「結婚って、容易く決めるもんじゃないと思いますし……」

千歳はため息をついて万里緒の足の隣に頬杖をつき、空いているほうの手で万里緒の足を撫でだした。

「僕は、君がいい。それに容易く決めたわけじゃないよ。三十六年かかった。……ねえ、他に、どんな言葉が欲しい？　全部あげるから、抱えている想いを吐き出して？」

もう十分だ。万里緒は、十分すぎる言葉を貰った。

出会ってまだ日は浅いが、この人としか結婚したくないと、思いは固まった。

だから、今すぐにここで身体を委ねてもいいと思い、今度は万里緒の方から誘うような言葉を投げかける。

「じゃあ『万里緒を抱きたい』って……耳元で言って……そしたら私……」

「万里緒を抱きたい」

耳元で甘くささやかれる。

万里緒は唇を噛みしめた。

千歳はカーゴパンツの上から、両足の間に触れてくる。

「あ……っ」

思わず声を漏らすと、千歳は微かに笑いながらカーゴパンツをすっかりはいでしまった。そして今度は、下着の上からそっと触れてくる。

ゆっくりと、万里緒の敏感な部分に触れる綺麗で繊細な指。

この先を想像すると、堪らない。

まだほとんど何もしていないのに、こんなにドキドキして、こんなに興奮することがかつてあっただろうか。

千歳の身体を、とても近くに感じている。

先ほどまで万里緒は口では拒否するような言葉を言ってきたが、身体は正直だった。

万里緒の隙間の部分に手で触れられ、グッと押されると、ソコが反応しているのがわかる。

ああ、恥ずかしい。

「これは、夢じゃないですよね？」

「……どうしてそんなこと？」

「ゆ、夢見てる気がして」

「現実でしょ？　ほら……」

そう言って、万里緒の下着の上で千歳が手を動かす。指は万里緒の隙間を押してくる。

「あっ、ん」

思わず漏れた甘い声。下着越しだけど、指の感触は本物で現実。

何度も瞬きをしながら、千歳の笑顔が近づいてくるのを確かめた。

そうしてキスをする。舌を絡めて、ゆっくりと……

ああ、これからついに私は――

7

逃げ出してしまった。

千歳の家の寝室で押し倒され、一度はこのまま身を任せよう……と思ったものの、やはり覚悟が決まらなかったのだ。

脱がされかけた服を整えながら千歳の部屋を飛び出し、タクシーを捕まえて超特急で自宅へ戻った。

ドアをロックしたところで、ようやく少し冷静になった万里緒は玄関に座り込む。

「身体に触られて……抱きたいって言われて……なのに逃げてどうするよ」

一度したあと、婚姻届も出しに行こうと言われていたけれど、そのすべてを放棄して逃げた。

カーゴパンツを脱がされて下着に手をかけられたとき、万里緒は彼の手首をとってストップをかけたのだ。千歳は、ナニ？ と言いたげな顔で固まっていた。

「だって、急に怖くなったんだもんね！ いや、そりゃ経験はありますよ？ 男に自分から乗ったこともございますよ。しかし……しかしですよ、あんなイケメンに乗っかられたことはありませんってばよ。触り方はソフトだし心地よかったし全然嫌じゃなかった。さすが三十六歳って思ったけど、なんだかそれで我に返っちゃったんだよね。先生は穏やかな性格だし、のんびりしているって病院の人達は言ってるけど、手を出すのは早かったよ！」

思い出すだけで顔が赤くなる。

動揺した気持ちを吐き出すように、玄関にへたり込んだまま独り言をつぶやき続ける。

「普通は一ヶ月くらい待つだろ？ いくら見合いでも、待つだろうが！ しかも、ゴム用意してるって、どういうこと？ ……でも、それでもこんなふうに逃げ出していいわけないよね……」

今度顔を合わせるとき、どうすればいいんだろう？　千歳のことが好きなのは確かなのに、こんな態度を取っては、もう嫌われてしまったに違いない。

明日、万里緒は当直の予定だ。

そして千歳は執刀医として、六時間から八時間に及ぶ大手術を控えている。万里緒が引き継いだ患者のオペなのだ。

だから明日はたぶん、千歳と顔を合わせることはないだろう。

ひとまずほっとしたものの、その先のことはわからない。

というか、お互いの両親にも挨拶を済ませたあとだし、このままうやむやにできるような関係ではないのだ。

「なんてこったい……逃げてもどうにもならないのに」

万里緒は崩れ落ちた。

あまりの情けなさに、涙が浮かんでくる。

「それに、本当は好きなんっすよ……。こんなに人を好きになったのは初めてなのに……。あの大きな身体に乗っかかられて……どうしていいかわかんなくなって。……もうっ、私が悪いんじゃないっすよ。絶対違う……急に襲ってきた星奈先生が悪いんだよ」

万里緒は自分のことを棚に上げるしかなかった。

＊　＊　＊

一晩泣いたらすっきりした。

翌日は少し早めに出勤し、ひとまず黙々と仕事に打ち込む。

万里緒にはやらなければならないことがたくさんあるのだ。通常の日勤業務に加え、転勤するにあたって患者のカルテを整理しておかなければならない。担当を引き継いでくれる医師や看護師たちに申し送りすべき案件はいくらでもあった。

終日作業に追われ、そうしてそのまま救急室に場を移し、夜勤に入る。

「あ、あらっ？　な、なんで星奈先生がいるの？」

少し遠くに千歳の姿を認めた万里緒は、近くにいた看護師にそっと聞いてみた。

「担当するはずだった先生が風邪をひいたとかで、星奈先生が代わりに。もちろん代休がつくでしょうけど、大変ですよねぇ……今日のオペ、七時間かかったっていうのに」

千歳も万里緒がいることに気づいたようだ。が、笑顔を向けてはくれない。当然といえば当然だが、きっと怒っているのだろう。

万里緒が戸惑っていると、千歳のほうから歩み寄ってきた。

「夜勤をご一緒します。よろしく、藤崎先生」

いつも通り淡々とした口調だったが、今日はやけに冷たく感じられた。

「はい、こちらこそよろしくお願いします」

万里緒がやっとの思いでそう言うと、千歳は無表情のまま、その場を立ち去った。

その夜は、救急搬入の急患数が多かった。

風邪による発熱や腹痛はまだいいほうで、急性腸炎のため入院が必要な患者、交通事故で負傷した人もいた。

玉つき事故だったので、複数の負傷者が運び込まれた。万里緒が担当した患者は、CT検査の結果、頭部には問題が見られなかった。だが、肋骨と鎖骨を骨折している。緊急処置としてバンドで固定することにした。

「外科の星奈先生はどこ？」

「事故で重傷を負った患者に対応しています。この患者は比較的軽傷なので藤崎先生が受け持つんじゃないですか」

そう看護師に言われたが、実は軽傷とは言い難い状態なのだ。

「胸部を強く打ったようで、肺が潰れかけています。気胸（ききょう）を起こしているから外科的処置が必要です」

気胸とは、肺に穴があいて空気が胸腔（きょうくう）に漏（も）れる疾患（しっかん）をいう。

万里緒は内科医なので、気胸の処置をほとんどしたことがない。ここはどうしても外科医の力が必要だ。

気胸と聞いて、看護師も顔色を変えた。

「だから酸素の値が低いんですね……すみませんでした、骨折だけだと勘違いして……」

「とにかく、星奈先生はまだ手が空かないの？」

「当分は無理のようです」

「……だったら自分でやる。胸腔ドレーンセットを持ってきて」

そう言うと、看護師は準備に走った。

万里緒は患者の胸部を消毒し、胸腔ドレーンの管を挿入する場所をマジックペンでマーキングした。生身に穴をあけて管を差し込むのだから、麻酔も必要だ。

マーキングした箇所にメスを入れ、管を挿入する。が、上手く入らなかった。手に力を込めて再度試みるが、やはり入らない。

万里緒が手こずっていると、背後からニュッと腕が伸びてきて後押ししながら、グッと強く管を押し入れようとした。

「この人、胸膜が少し硬いね」

手助けしてくれるその人は、千歳だった。

万里緒はホッとすると同時に、大胆なまでに強く管を押し込んだ。

ボスッという音が聞こえ、確かな手ごたえがある。胸腔ドレーン挿入が上手くいったのだ。

「よし、ドレーンに機械を繋ぐから、至急用意して。それから管の内筒を抜くので、藤崎先生はちょっと離れていて」

千歳が内筒を抜いた途端、管から血が流れ出す。千歳は手早く管を折り、出血止めの処置をした。

「藤崎先生、ここは僕が代わりますから、別の患者を診てください。頭部裂傷の患者がいます。応急処置として、縫合をお願いします」

「あ、はい！　その患者はどこにいますか」

「救急室の西側の隅です。一気に何人も急患が搬送され、とても手が回らないので、寝台に横たえられたままです」

「わかりました」

万里緒はさっそく処置に取りかかる。

その夜の救急室は、さながら戦場のようだった。

戦いは明け方近くまで続いた。

万里緒は千歳のあまりに見事な仕事ぶりに、自身の未熟さを思い知らされた。

なんとか夜勤を終えた万里緒は、医師専用休憩室で朝のコーヒーを飲んでいた。砂糖を入れて甘くしたコーヒーは疲れた身体に最適だった。

万里緒はテーブルの上に頬杖をつき、昨夜はあれから星奈先生と顔を合わせるチャンスがなかったな、できれば会わずに済ませたいと思っていたけど、やっぱり少し寂しい、などと、ぼんやり考え事をしていた。

そのとき、休憩室のドアが開いて千歳が入ってきた。

千歳も万里緒と同じように紙コップにコーヒーを注ぐと、万里緒の目の前の席に座った。

「お疲れ様」

「お疲れ、さまです」

そこでしばし沈黙。

千歳はコーヒーを口に含みながら眼鏡を押し上げ、目をこすった。

「いつも、コンタクトなんですね。眼鏡をかけているとこ、初めて見ました。あっ、それから気胸の患者さんの件、ありがとうございました」

「本来、外科の患者だからね」

「私、ドレーン挿入の際に思い切りが足りなかったみたいで……すみません」

「いや、あまり思い切り入れると、逆に他の組織を傷つける」

淡々と語る千歳だが、やはり内心怒っているようだ。一昨日(おととい)、万里緒が逃げ帰ったことが原因だろう。

「……すみませんでした」

万里緒はただ一言こう言うしかなかった。だって他に言いようがない。

目線を上げると、千歳は目を伏せてため息を漏(も)らしていた。

「君が謝ることはないよ。昨夜はナイスファイトだった。患者の頭部縫合もきちんとしてくれたし」

眼鏡越しに見つめられて、万里緒はどぎまぎした。

テーブルの上に置いていた万里緒の手の爪を千歳が撫(な)でる。思わず手を引っ込めると、千歳は笑った。

「なかなか手強(てごわ)い女だね」

「へっ？」

「セックスの途中で逃げられるなんて初めてだ」

「……その節は、どうもすみませんでした」

「下半身はパンツ一丁だったよね？　どうやって帰ったの？」

千歳は思い出し笑いをしながら言った。

「走りながら服を着て、ちゃんと玄関を出る前には整えました」

「そうなんだ」

笑いながら相槌を打つ千歳。

万里緒は婚約破棄されてもおかしくないことをしたのに、千歳は寛大に笑ってくれている。

「さすがに眠いな。寝て帰るから、また連絡するよ、万里緒」

「寝て帰る？」

「当直室で仮眠をとる。じゃないと、居眠り運転しそうだ」

そう言って伸びをしたとき、千歳のシャツが持ち上がって、引き締まった腹部がチラリと見えた。万里緒はドキッとして目を逸らす。

「じゃあ、また」

「あの、まだ話したいことが、その……」

「え？」

首を傾げる千歳の仕草がなんとも可愛い。千歳は割と女顔なのだ。クルリとした目もアヒル口も、年齢を感じさせない肌も、女性が憧れる美しさと可愛らしさに満ちている。

「あの、一昨日のこと……結婚のこと……ですが」

万里緒が話を切り出したところで、別の当直明け医師が休憩室に入ってきた。

これ以上は話がしづらい。

「話の続きは、外科の当直室で」

小さくそう言って、千歳は先に出て行った。

外科の当直室は休憩室の一階上、外科医局を通り過ぎた先にある。

奥まった位置にあるから院内の騒音が届かず、安眠できるのだ。

窓もなく、ただ寝るだけの場所という感じの殺風景な部屋だが、シャワー室が備わっているので、激務に疲労困憊した身体も、汗を流してリフレッシュすることができる。

万里緒が当直室のドアをノックすると、すぐに開き、腕を強く引っ張られた。

「ここへ来る途中、人に会わなかった？」

と千歳が聞く。

「誰もいませんでした」

万里緒が答えると、千歳は笑ってうなずき、「それで？」と話の続きを促した。

「結婚のことがどうかした？」

「……あ、いや、一昨日……籍を入れると言っていたな、と」

「今日入れに行く？　夕方になるけど」

「いえ、あの、そうではなく……結婚式を挙げてからでもいいかなぁ、と思って、ですね。ほら、もしも何かあったらいけないかなぁ、って。私これから北海道ですし、会えない時間が増えますし」

万里緒としては、一昨日の自分の態度に幻滅した千歳が気兼ねなく断れるように言い出したつもりだったが、なんだか誤解を生んでいるような気がしないでもない。というか、わざわざ誤解されるようなことを言っている気がする。これじゃあまるで、万里緒がもう結婚したくないと言っているようなものだ。

「星奈先生は、私でいいって言ってくれましたけれども……一昨日のこともあるし、それにこれから離れることになるし、気が変わっても仕方ないって……」

「それって、僕が浮気するかもって疑ってるの？」

「いや、そうではないですが……まだ会って間もないし、もう少し心を育ててから結婚するのもいいかも、って……」

「そうだね。万里緒だって僕と離れればなれになれば、他の男に心惹かれる可能性だってあるわけだから」

「ワタクシ!?　ないですよ！　私は恋愛下手なんです。そうそう他の人に心変わりすることもありません」

「その言葉、そのまま君に返すよ。僕だって恋愛が得意な方ではないし、心変わりなんてしない」

相変わらずの淡々とした口調。万里緒は彼に対し、自分が随分失礼なことを言ったことに気づき、しゅんとする。

「万里緒は、僕と結婚するの、嫌？」

「そんなことないです。でも……」

「何がダメなの？」

「いや、ダメではないのですけれども」

万里緒が言葉に詰まると、千歳はいかにも面倒くさそうにため息をついた。やはり、愛想を尽かされてしまっただろうか。

「こんな話、気分悪いですよね……ごめんなさい。なんか、す、好きな人の前では、すごく臆病になってしまうみたいで」

「――君の一言にはいつも負ける」

「え？」

「万里緒は可愛い」

「……っ！」

突然、抱きしめられた。

そうしてしばらくすると、万里緒は腹部に何か硬いものが当たっているのを感じ、目をパチクリさせる。

「あの、先生……」

千歳の身体の中心部で、硬く大きくなったものがズボンの布を押し上げていた。

「気にしないで。一昨日のことを、ちょっと思い出しただけ」

そうして千歳は、腕を緩めて万里緒を解放した。

「今日の夕方、家まで迎えに行く。帰って休んでて」

照れた様子もなく冷静に言うその口ぶりと、身体の反応にギャップがあるじゃないか。

万里緒はなんだか悔しい気分になり、思わず言ってしまった。

「し、ましょうか？」

「ん？」

千歳は首を傾げて万里緒を見た。

万里緒はなんだか妙な具合にスイッチが入ってしまい、千歳のベルトに手を伸ばしていた。

「何してんの？」

「いや、ベルトがきつそうだなと思って……私が抜いてあげましょうか？」

あまりに大胆だと思うが、一昨日は逃げ出してしまったし、千歳に我慢を強いてしまった。その罪滅ぼしというわけではないが、千歳が喜びそうなことをしてあげたいと今は強く思っている。

それに、さっきチラッと目にした、引き締まった腹部をもう一度見てみたいという思いもある。

だが千歳は、素っ気なく言う。

「いいよ、しなくて」

急に何？　と言いたそうな顔だ。

「でも、きつそうですし」

「いいって」

強く言われても、万里緒はもう自分を止められない。

「星奈先生だって私の股間を触ったじゃないですか」

これにはさすがに千歳も驚いたようで、口をあんぐり開けている。

しばらくそんな状態が続いたが、ようやく千歳が言葉を返した。

「だからって、どうしていきなりスイッチが入ったの？　一昨日は逃げたくせに、なんで突然こういうことするんだか。　僕は直接は君に触ってないし、しかも股間、って……」

「だって、股間でしょ？」

「ま……確かにそうだけど」

直接触られたわけではなく、下着の上からそっと撫でられただけだが、万里緒は今、それ以上のことをしようと思っていた。手では物足りなかったら口を使ってもいいかと。

本当にどうしてこんなスイッチが入ったのか、と自分でも不思議に思う。

千歳が伸びなんかして、引き締まった腹部を見せたりするからいけないのだ。

彼は自分の仕草がどれだけセクシーで魅力的か、わかっていない。

「股間、って……万里緒、可笑しい！　普通、女が股間とか、言う？」

千歳はこらえきれずに爆笑していた。

「じゃあ、なんて言えばいいんですか？　股とか!?」

半ばやけになってそう言うと、さらに笑われた。

「股？　それも可笑しい。ねぇ、どうしてそういう発想がぽんぽん浮かぶの？」

「なっ！　普通の言葉でしょ？　股間や股じゃなくて、もっと医学的名称で言いますか？　その方がマニアックで可笑しいでしょ？」

「も、ちょっと！　やめて！　これ以上笑わせないでくれ」

「そんなつもりはありません」

「そう？　しかし君も変な女だね。逃げたと思ったら、次はこんな大胆なことするし。おまけに、変な言葉を口に出すし。こんなに僕を笑わす女、初めてだよ。ほんと楽しい」

千歳は万里緒の頭を撫で、それから頬にキス。

「ここは当直室だから、移動しよう。今の君との会話で、すっかり目が覚めた。着替えて、車のところで待ち合わせ。僕の車、わかるよね？　乗ってて」

千歳はバッグからキーホルダーを取り出し、万里緒の手に握らせた。

「あの……」

「今度は、逃げないように」

そうして万里緒の背を押し、当直室から追い出した。

万里緒は手の中のキーホルダーをじっと見つめる。

「どど、どうしよう」

車のキーを預けられたら、逃げられないじゃん。

＊　＊　＊

駐車場で待っていると、千歳が現れた。

車に乗せられ向かった先は、病院からちょっと離れたラブホテル。

万里緒は何度も目を瞬(またた)かせた。

「どうした？」

「いえ」

慣れた様子で中に入っていく千歳を見て、万里緒は複雑な思いに駆られる。

千歳はフロントでチェックインを済ませ、カードキーを受け取った。そのうしろをついて行き、エレベーターで四階へ。部屋の扉を開けると、どこの高級ホテルだ？　と言いたくなるようなオシャレでシンプルなインテリアだった。

「きっれいな部屋……すごい」

「実は少し前に、三枝から綺麗で評判がいいって聞いたことがあったんだ。気に入ってもらえたなら、よかった」

万里緒も以前、同期の女医に同じような話を聞いたことがある。二人がこのホテルを利用したことがあるというのは、偶然ではない気がする。やっぱり三枝のお相手は、彼女で間違いなさそうだ。

「……ねえ、先にシャワーを使っていい？」

千歳に言われ、万里緒ははっと我に返った。

「はっ、どうぞ」

千歳は万里緒の頭を撫(な)で、軽い足取りでバスルームへ向かった。

万里緒も汗ばんでいるので、彼のあと自分も風呂に入ろうと思う。

これからすることを想像すると、余計に汗ばんでくる。今こういうことになっているのは、万里緒が誘ったからも同然なのだ。

千歳がシャワーからあがり、バスローブ姿で近づいてきた。

でも何もせず、「どうぞ」と万里緒に言った。

「行ってきます」

千歳と交代してバスルームに行く。中は広くてバスタブも大きい。二人で入ってもいいくらいのサイズだ。またいらぬ想像をしてしまい、顔が火照ってくる。

身体を念入りに洗い、シャンプーもした。

それから脱衣所に出て、ショーツだけ身に着け、バスローブを羽織って大きく深呼吸。

「星奈先生とは、結婚したらいつかはやるんだ。ここで一発決めておいた方があとで楽だって」

自分にそう言い聞かせ、バスルームを出る。

ベッドに目をやると、千歳は布団を身体に巻いて寝転がっていた。

「……もしかして、熟睡？」

千歳は規則正しい寝息を立てている。日勤も夜勤もこなしたあとだ。横になった途端、寝入ってしまったに違いない。

気負ってここまで来たのに……と万里緒は肩を落とす。

仕方なく、万里緒もベッドに横になった。

身体が触れ合う至近距離に千歳がいる。

千歳は寝ているときもイケメンで、そっと頬を撫でると、肌がスルスルしていて心地いい手触りだった。

「私も寝るか」

目を閉じると、すぐに眠気が襲ってきて、万里緒も意識を手放した。

8

万里緒がふと目を覚ますと、眼鏡を着けた千歳が見下ろしていた。太い黒縁のスクエア型の眼鏡。レンズの度は強そうだ。

数時間眠ったおかげで身体の疲れはだいぶとれたが、頭はまだぼんやりしている。万里緒が倦怠感を振り払おうと首を振っていると、千歳は手を伸ばし、髪の毛を耳にかけてくれながら言った。

「おはよう。先に眠っちゃってごめん」

「今、何時？」

「夕方の四時半」

もう少し寝ていたかったなあ、と目を閉じると、唇に柔らかいものが軽く触れた。

「星奈、先生？」

その名を呼ぶと、最初は軽いキスだったのが少しずつ熱くディープになっていく。上唇と下唇を食むように愛撫された。

舌が入ってきて、クチュッと小さく水音を立てて舌と舌を絡め合う。

「う……っん」

「ん……っは」

キスを繰り返しながら腰を引き寄せられ、強く抱きしめられた。抱きしめる強さが心地いい。

なんだかクラクラして、心臓がドキドキする。

「万里緒……」

千歳の甘い声に、身体の奥が疼いてしまう。

バスローブの合わせ目から彼の手が滑り込み、万里緒の胸に触れる。

乳房は大きな手に包み込まれ、ゆっくりと揉まれた。揉まれながらキスをされるから、さらに心臓がドキドキする。身体の内側から込み上げるものも強くなる。

「……っんぅ」

甘えたような声が出て、恥ずかしい。

耳の裏を唇で撫でられ、首筋にもキスをされた。そして唇は鎖骨を愛撫し、胸にもキスをする。

それから千歳は、乳首を口に含んだ。

その間、ただ互いの息遣いだけが聞こえる。

「……っは」

官能の炎が身体の底からせり上がってきた。

感じすぎてしまって、万里緒は戸惑い始めていた。ちょっと待ってほしいような、もっと先に進みたいような複雑な気持ちになる。

「あん……っ」

万里緒は甘い声を上げるしかなかった。

千歳の触れ方はゆっくりしていて、刺激の仕方も的確だった。

温かい手と身体の感触が心地いい。

千歳はジュッジュッという濡れた音を立てながら、先端を吸い続ける。さらにもう片方の乳房も手で愛撫されているから、万里緒は感じて堪らない。

「ほし、なせんせ……っ」

名前を呼ぶと、千歳は胸から顔を上げ、万里緒の唇を奪う。

深いキスをしながら、今度は腹部を撫でてくる。臍のくぼみに彼の指が入ると、その感触がまた堪らなくて、腰が少しだけ反った。

そんな万里緒の反応を見ながら、彼の手は徐々に下の方へ移動していく。

思わず、身体が跳ねた。

大腿、そして内腿をそっと撫でられた。その触れ方一つ一つに、千歳という男の優しさと性的魅力を感じる。こんなに優しく、ドキドキするような触れ方をされたことはない。

そして万里緒の身体中を這い回った手の行き着く先は、足の間。万里緒の秘められた部分だった。

彼の親指が、万里緒の最も敏感な部分を優しく押してくる。

それから指全体で、そこをゆるゆると撫で始めた。時々、指が万里緒の中に入りそうになるのが堪らない。万里緒は息を詰めて、その感覚をやり過ごす。

「……っんん」

「気持ちいい？」

「なんで……こんな、ゆっくり？」

「もっと、声、出せばいいのに」

「……っ、出して、る」

さっきから恥ずかしい声を出しっぱなしだ。万里緒は赤面して顔を少し逸らした。

足の間を愛撫されると、本当に堪らなくて腰が跳ねる。そのたびにバスローブがはだけていく。

次の瞬間、ようやく万里緒の身体の隙間に、ゆっくりと指が入ってきた。

「んっ、ん……っ」

するっと、指を一本受け入れてしまう。指が入ってきただけで強く感じてしまい、喘ぐような息を吐く。

万里緒の隙間を探る指がさらに一本増えて、ジュプッと濡れた音を立てた。一瞬は恥ずかしいと思ったけれど、次第に快感に翻弄され羞恥心が薄れていく。

「星奈、せんせ……っ」

「千歳だよ」

臍の横にキスをしながら千歳がそう言った。

それから彼は顔を上げ、今度は万里緒の胸の間にキスをした。唇は次第に横に逸れていき、また胸の先端を呑み込む。ジュッという水音を立てて唇を離したあと、胸の中心あたりの肌を千歳は強く吸った。万里緒は自分の胸元に赤い痕が残ったのを確認した。キスマークを付けられてしまった。

万里緒がそんな感慨に耽っている間も、千歳の指はチュプチュプと音を立てながら万里緒の中を出たり入ったりしている。苦しいほどの快感だった。

「……っふ、う」

千歳は万里緒の息を奪うようにキスをしたあと、愛撫していた指をゆっくり抜いた。

それから避妊具を手に取り、中身を取り出す。

千歳は躊躇いなく下着を脱ぎ捨てる。万里緒は思わず目を背けた。男性のアレを見るのは初めてではないが、相手が千歳だと思うとなんだか恥ずかしくて堪らない。

だが、一瞬見た彼のモノは想像通り大きいようだった。

もうすぐ千歳が入ってくる。そう思うと、期待と興奮が高まっていく。

「入れるよ」

千歳は魅力的な声でささやき、軽くチュッとキスをした。

内腿に手を這わせ、万里緒の右足を少し開かせると、自らの腰を近づける。

硬いモノが隙間に当たる。

ついに入ってくるのだなと思い、万里緒は大きく息を吸って、そのときを待つ。

万里緒の身体の内側に硬いモノが入ってきた。そしてゆっくりと、隙間を埋めていく。

「あぁ……ん」

千歳が入るとき、万里緒は思わず腰を上げてしまった。少しだけ背も反らし、彼を受け入れやすいように身体を上へ押し上げてしまう。

万里緒は千歳の背に腕を回し、彼のバスローブを掴んだ。

千歳がすべて埋まると、万里緒の身体にぴったりとフィットして心地よかった。得も言われぬ充足感がある。本当に一つになれたのだと実感する。

万里緒が感動していると、繋(つな)がったまま、ゆっくりと腰を揺すられた。

「……は」

千歳の息がリアルに聞こえる。彼の整った顔が間近にある。

万里緒の視線に気づいた千歳はにこりと笑い、小さく唇にキスをした。

そうして先ほどより少し速く腰を揺すられる。

「気持ちい……星奈、先生」

万里緒が言うと、千歳は微(かす)かに笑った。

「千歳、って、言わないと」

千歳の言葉は、感じているからか途切れがちだった。荒く息を吐き、どこか切羽詰(せっぱつ)まった感じの彼を見られて万里緒は嬉しくなる。

その間も、抽送(ちゅうそう)は止まらない。

「ち、とせ……っ」

万里緒は、とうとうその名を口にした。千歳は熱い息を吐き出して笑った。

そして頬にキスをしてから、唇にも軽くキスをする。

千歳は万里緒の背に手を回して抱きしめながら、腰をゆっくりと回しだす。

「君には、すごく、焦(じ)らされたな」

少し掠(かす)れた声で言われた。いつもは淡々と話す千歳だが、今その口調は熱を帯びていた。

互いの官能を高め合うようにゆっくりと揺らされ、そして抱きしめられて、万里緒は愛されている歓び（よろこび）に浸った（ひた）。

「んっ……そんなこと……言わないで……あっ！　私……もうっ……」

心地よくて温かい気分。激しいことは何一つしていないのに、万里緒は達してしまった。

万里緒が歓びの頂点を極めたあと、千歳は少し強めに身体を揺らし始める。

一度達したばかりの万里緒の身体は、また高まっていく。

「ん……っあ」

腰の動きがどんどん速くなる。千歳も、もうすぐ達するのだとわかる。

万里緒は今、全身で千歳を感じている。千歳も万里緒の中で快楽を感じている。そのことがはっきりわかるので嬉しい。

ゆっくりとした腰の動きもいいけれど、激しい動きもいい。

先ほど達したばかりだというのに、万里緒の身体はまた絶頂の寸前まで上り詰めていた。

「あっ、あっ、ち、とせっ」

もうダメだ、と思いながら千歳の身体にしがみつく。

「……っ」

千歳は最後に強く腰を打ちつけ、それから身体を押しつけたまま何度か腰を揺らした。

万里緒は千歳の髪の毛に指を絡め、抱きしめ合う。

千歳は目を閉じて熱い吐息を吐きながら、万里緒の中でじっとしていた。

万里緒は、胸がきゅんと痛むような堪らない気持ちになる。

やがて、千歳は身体を起こし、万里緒の中からゆっくり自身を引き抜いた。そのときに感じる刺激がまた万里緒の身体を興奮させた。

「はぁ……っん」

興奮をなだめるように、千歳が万里緒の頬を撫でた。

それから千歳は万里緒の隣に横たわり、二人して仰向けになって放心していた。

「は……」

万里緒が額に手をやると、ぐっしょり汗をかいている。

「今、何時、かな？」

そう聞く千歳の息は乱れている。

「あ……五時……四十三分です」

そう言うと、千歳は万里緒の身体を横抱きにして引き寄せた。

頭を撫で、もう片方の手で骨盤辺りも撫でながら、唇に軽くキスしてくる。

快楽の余韻が残る身体に優しく触れてくれる千歳のことが、心の底から愛おしい。

そのまま二人は、一時間以上も抱き合っていた。

「万里緒、寝ていいよ」

「でも……」

「気持ちよく疲れたね」

「うん」

「おやすみ」

千歳の声があまりに優しいので、万里緒は心が満たされ、この上ない幸せを感じた。

するといつしか、大好きな千歳の腕の中で眠りに落ちていた。

＊　＊　＊

ふたたび目を覚ましたのは数時間後。ベッドの周りはライトが落としてあったが、ソファーの置かれたリビングスペースには灯り(あか)がともっていた。

「起きた？」

見ると、千歳がきちんと服を着て、ベッドの隅に腰掛けていた。

「シャワー浴びたんですか？」

「君より早く目が覚めたから」

「そう」

「お腹空いてない？」

「空いてます」

万里緒が即答すると、千歳は万里緒の側ににじり寄り、寝乱れたバスローブを肩にかけ直した。「可愛い胸が片方出てるよ」と言いながら。

「やだ、恥ずかしい！」

「もう全部見ちゃったよ」

千歳は、いつになく茶目っ気のある言い方をした。

そして、ルームサービスのメニュー表を万里緒に見せ、「何か食べる？」と聞いた。

「ナシゴレンが美味しそう。プラス、ナゲット五個入り」

「よく食べるね。わかった、注文しとくから、食べる前にシャワーを浴びておいで」

万里緒は服を持ってバスルームへ行く。

熱いシャワーを浴びると気持ちよかった。鏡に自分の身体を映すと、胸と臍のあたりに全部で三ヶ所、赤い痕がある。

シャワーを浴びながら万里緒は千歳の息遣いを思い出し、一人で顔を赤くしていた。

「私って、こんなにエロい女だったのか……」

自分に問いかけながら悶絶する。こんな姿を誰かに見られたら、ましてや千歳に見られたら、恥ずかしくて生きていられない。

シャワーから出ると、すでにルームサービスが届いていて、千歳が万里緒を待ってくれていた。

二人並んで食事をしていると、なんだかビールが飲みたくなってくる。

「喉(のど)が渇きましたよね。ビール頼みましょうか」

万里緒が上機嫌でそう言うと、千歳は噴き出した。

＊＊＊

ホテルをチェックアウトしたのは午後十時ちょうど。

千歳は、車を運転しながら何か考え込んでいるようだった。

「あ……」

不意に千歳が声を出した。

「なんですか？」

「うん……ホテルのゴム、穴あいてなかったかな、って」

「はぁ？」

「いたずらされてることもあるらしいから。確かめればよかったかな、とふと思って」

千歳はお馴染(なじ)みの淡々とした口調で冷静に言った。

「急にどうしたんですか？　あ、でも嫁入り前に妊娠したら、父と母から怒られそう」

「もしできていても、今から籍を入れに行けば問題ないか」

千歳は早く婚姻届を出したがっているようだ。

「明日は私、日勤です。星奈先生は夜勤の代休を取るんでしょ？」

「うーん、どうしようかな」

「星奈先生の家、病院に近いから、泊めてもらおうかな。なおかつ病院まで送り迎えもしてくれるなら、今から籍を入れに行ってもいいですけど……なーんて」

「よし決まり。ウチに泊まって、送り迎えだね。それなら朝八時に出ても、仕事に余裕で間に合うよ」

「え、そんな」

「寝ボケていない君も抱きたいな」

そうして千歳は、車の進路を変更した。

「あのぅ、どこへ向かうんですか」

「もちろん、役所」

「本当の本気ですか？」

「いいんですか？」

「結婚したいと思っているのは僕だけ？」

「私も、結婚したいですよ！　それに、婚前交渉も致しましたし、あの、これはもう、結婚するしかないと……ってそうじゃなくて……」

万里緒は一度小さく息を吐き、言い直した。

「結婚したいです」

「そうだね、婚前交渉も致しましたし」

「からかわないでください」

「からかってないよ。僕は至って真面目ですよ」

信号で停止すると、千歳は万里緒を見つめて言った。

「星奈万里緒になるんだね。可愛い名前」

「……っ、先生の星奈千歳っていう名前も、充分可愛いですよ。っていうか、星奈っていう姓が、可愛いんですよ。珍しい苗字だし」

「確かに珍しいよね」

他愛ない会話だけれど、万里緒は自分の姓が変わることの重大さを改めて実感した。

間もなく、目的地に到着した。この時間はもう役所も閉まっているが、夜間窓口は開いているはず。

千歳がさっと車を降り、万里緒もそれに続いた。

千歳が手を差し出したので、万里緒は躊躇うことなく手を取り、窓口へ向かう。

窓口で係員に「何かご用ですか」と聞かれると、万里緒はモジモジしてしまった。しかし千歳は落ち着きはらった口調で「婚姻届をください」と言う。

「こちらの用紙をお持ちください」

係員に言われ、紙を受け取る。

用紙には、印鑑を押す欄があった。

万里緒は慌ててバッグを探ると、見つかった。

千歳もカバンの中から印鑑を取り出す。

「これを忘れたらシャレにならないもんね。あ……でも」

「ん？　なんですか？」

「証人が必要かな、と」

「え、そうなの？」

二人は銘々、自分の名前を書面に記入し、父母の名前も記した。

「証人の欄は空欄にして、一応、出してみようか？　ダメだったらまた来よう」

すると案の定、証人を記載していないと受け付けられないと断られた。

「ですよね。では、また後日来ます」

千歳がそう言って踵を返そうとすると、役所の人が「ちょっと待って」と呼び止めてきた。

「私と、もう一人ここに職員がいますから、よかったら証人になりましょうか」

「ほ、本当ですか」

「今回は特別措置ということで」

と、一人の職員が言い、もう一人も、

「婚姻届の証人欄に軽々しく名前を書いたりするもんじゃないけれど……あなたたちがあんまり幸せそうで、しかも美男美女なので、お役に立てたらなあという気になりましたよ」

と言う。

こういう温かい人情に触れると、やはり感動する。

婚姻成立の証人になったからといって、何らかの法的責任が生じるわけでもなく、単に形式上のことだけど、見ず知らずの他人が快く手助けしてくれるのだと思うと、ありがたくてつい涙が滲む。

「何と言ってお礼をしたらいいのかわかりません。思いがけず素敵な思い出を作っていただいちゃいました。嬉しいです」

万里緒は心から礼を述べた。千歳も神妙な顔で目を瞬かせている。

「ではお二人さん、よかったら私たちのことも覚えていてください。私なんか、生まれて初めて、婚姻届の証人になるんですよ」

「それは私も同じ。証人になる以上、末永く幸せに暮らしてほしいのですが……お約束していただけますよね？」

「もちろんです」

千歳はきっぱりと答え、万里緒を見てにこりと笑う。

「私もお約束します」

万里緒も言うと、職員二名は笑顔で署名、捺印をしてくれた。

「では、婚姻届を受理します」

「ご結婚おめでとうございます。お幸せに」

祝福の言葉が胸にじんと響いた。

「ありがとうございます」

千歳と万里緒は声を揃えて感謝の言葉を述べる。

午後十一時五分、藤崎万里緒は星奈万里緒と名前を変えた。

職員さんはにこにこ顔で、よかった、よかったと喜んでくれる。

「あのぅ、立ち入ったこと伺うようですが、よろしければお聞かせください。お二人の出会いは……？」

千歳は迷うことなく、こう答えた。

「見合いです。上司に勧められ、断りきれなくて会うことになったんです。最初はただ会うだけというつもりでしたが、電撃結婚するほど好きになってしまいました」

「それはまた古風な出会い方ですね。しかし、それが本当に素晴らしい運命の出会いだったということなのでしょう。人のご縁は、どこで繋がるかわかりませんね」

「はい、僕は彼女に出会えて心底よかったと思っています」

千歳が臆面もなく言うので、万里緒は真っ赤になってしまった。

しばらく二人と世間話をして、それから役所を出て車に乗り込む。

シートベルトを着けると、思わずため息が出た。

「何のため息？」

そう聞いてくる千歳は、やっぱりどこからどう見てもキュートなイケメン。こんな素敵な人が、今夜、夫になってしまった。幸せすぎる。怖いくらいに幸せで、だから思わずため息が漏れたのだ。

「幸せのため息です。だって、私、星奈万里緒になっちゃったんですよ？」

もう一度ため息が零れ、慌てて口に手を当てると、その手を千歳に取られた。

そして唇にキスされる。そのキスは少しずつ深くなっていく。クチュクチュと濡れた音を立て、しばらくキスを堪能したあと、唇が離れる。

「これからずっと、よろしくね、奥さん」

「……は、はい」

明けて翌日、午前七時半に万里緒は千歳に起こされた。

「約束通り、病院まで送っていく。さあ、早く着替えて」

「あ、ありがとう。星奈せ、じゃなくて千歳さん」

こうして千歳の家から出勤した万里緒は、その日の夜も千歳の運転する車で快適なドライブを楽しみながら、病院から自宅までひとっ飛びだった。

二人は万里緒の家の前に車を停めて、車中で少し話をする。

「今日一日、送り迎えしてくれてありがとう、千歳さん。おやすみなさい」

「うん、おやすみ。夫婦になったのに別々の家に帰らなきゃいけないのは寂しいけど」

「そうですね。でも、ものには順序というものがありますから」

「僕らが入籍したこと、今夜ご両親に報告するの？」

「はい、そのつもりです」

「だったら僕も同席したほうがよくはないか？」

「いえ、まずは私一人で報告したいんです。父も母も、きっと驚くと思うから。千歳さんも、できるだけ早く、ご実家に報告に行ってください」

「うん、そうする。しかし、北海道転勤のこともあるから、君と新居を構えるのは少し先になりそうだね」

「急がず、ゆっくりやっていくしかありませんよね」

「万里緒、好きだよ。愛している。ツボにはまりまくりだ」

「私も」

「それじゃ、明日また病院で」

「はい」

「浮気しないでね」

「なに言ってんですか、もう！」

そこから先は、車の中で軽くキスをして、しばしのお別れ。

万里緒は千歳の車を見送り、自宅の門をくぐって玄関へと向かったが、なんだか雲の上を歩いているように、ふわふわした気分だった。

9

引っ越しの荷物を詰め込んだり、カルテの整理をしたりしているうちに、二週間なんてあっという間に過ぎてしまう。

その間に、互いの実家へ挨拶に赴かなければならなかった。すでに入籍を済ませたということは、あらかじめ報告してあるので、結婚後初の顔見せということになる。万里緒も千歳も激務の合間をぬって実行することとなった。

千歳の実家では、万里緒は千歳の新妻として、すんなり受け入れられた。そして前回と同じく、家族総出で万里緒をもてなしてくれた。

万里緒の実家では、父と母、そして叔母も、二人だけで入籍したと聞かされて当初は驚いていたが、正式に結婚したという事実には満足しているようで、千歳を万里緒の夫として、丁重に迎え入れた。

ただ、万里緒の両親も叔母も、ゆくゆくは藤崎病院を万里緒たち二人に任せたいと思っているような節が時折窺われた。そのことが唯一、万里緒にとって気がかりではあった。だが、今はそんなことよりも、北海道転勤という試練が目前に控えているのだ。この試練をどう乗り越えるか、そこに全力投球しなければならない。

こうして万里緒の転勤までの日は瞬く間に過ぎた。

万里緒が北海道へ向けて旅立つ日がやってきた。

万里緒と千歳は今、空港の出発ロビーにいる。

「そろそろ時間かな？」

千歳は腕時計を見ながら、名残惜しそうにつぶやいた。

「忙しいのに、見送りまでしてもらっちゃって、ごめんなさい」

「夫が妻を見送るのは当然じゃない？」

千歳はそう言ってにこりと笑うと、バッグから何か取り出した。

リボンがかけられた小さな箱が二つ。その一つを、万里緒に差し出す。

「私に？」

「そう、万里緒に。僕が開けていい？」

万里緒がうなずくと、千歳は器用な手つきで包装紙を外し、箱を開けて中身を万里緒に見せた。

「うっわ、綺麗！　これって……」

箱の真ん中に台座があり、そこに収まっているのはプラチナのリングだった。しかも、ダイヤモンドがいくつもはめ込まれている。

「これって、結婚指輪？」と言おうとしたが、声が出せなかった。

千歳がもう一つの包みを開けると、中にはボールチェーンが入っている。

「これも万里緒のために。指輪をしていると仕事がしづらいだろ？　向こうに着いたら、このチェーンに指輪を通して、首にかけるといい」

そして千歳は、万里緒の左手を取り、薬指にリングを嵌めた。

「マリッジリングはいずれ贈る。この指輪に重ねづけができるデザインのものを選ぶよ」

「ということは、これ、エンゲージリングですか？」

「結婚したのに、今さらだけど」

「ありがとうございます」

うっとりと指輪を見つめていると、「そろそろ行こうか」と千歳が先に立ち上がった。

「頑張って、万里緒」

千歳は万里緒を軽く抱きしめ、頭を撫でた。

そして、「行ってらっしゃい」と、いつもの淡々とした口調で言う。

「行ってきます」

万里緒は乗客の列に並んでチェックを受け、北海道へと飛び立った。

＊　＊　＊

北海道の病院に勤務して二週間が経った。

仕事は至って順調だ。

「藤崎先生、点滴の指示をお願いします」

「はい、明日から食事を開始するので、点滴は二十四時間キープしてください。明日以降は、食事量を見て点滴をオフにするか決めます」

当初は、北海道ってどんなところだろうと少し不安だったが、心配には及ばなかった。

ここは千歳が以前勤務していた病院なので、たまに彼のことが話題にのぼることもある。

今日も、万里緒より二つ年下の女性看護師から聞かれた。

「先生、東京の病院で星奈先生にお会いになったことありますか？」

「う、うん、会ったことあるけど？」

「お元気でした？　相変わらずカッコイイ？」

「そうね、人はそんなに急に変わらないし、こちらにいらしたときと同じようにカッコイイんじゃないかと思いますよ」

「きっとそうですよね？」

万里緒が反応に困って曖昧（あいまい）な笑みを見せると、その女性看護師も笑って言った。

「星奈先生はこの病院にいたとき、江原（えはら）さんっていう外科病棟にいる看護師と付き合っていたんですよ。目がパッチリした可愛い人で、細身なのに胸がデカイのが特徴です」

「その江原さんと星奈先生は、もう別れているのよね？」

「はい、男女関係は自然消滅しちゃったみたいですね。エッチを二回くらいしたあと、星奈先生が急に忙しくなってしまって、異動もあったりして、それっきりですって。でも彼女さっぱりしてるから、もう新しい彼がいるみたい」

コソコソ話していると、見慣れぬ看護師がやってきた。

身体はほっそりしているのに胸が豊かな人だ。きっとこの女性が、江原敦子（あつこ）だろう。

万里緒はつい、まじまじと見つめてしまったが、江原は平然として、「先生、この子の話を真に受けないでくださいね」などと言っている。

そして江原は、「先生、ちょっとこっちに来てくださいよ」万里緒の手を引っ張り、ナースステーションから連れ出した。

連れて行かれたのはカンファレンス室で、江原はドアを閉じると、万里緒を正面から見据え、「どうして千歳先生の話なんかなさっていたんですか？」と問いただした。

まだ若いのに貫禄十分で、年上の万里緒の方が気圧（けお）されてしまいそうだった。

万里緒は渋々といった調子で答える。

「いやー、星奈先生の東京での様子を聞かれたから、話の流れでなんとなく？」

すると、江原はため息をつきながら言った。

「千歳先生はお見合いしたみたいだし、私とのことは、もう終わってるんですよ。私はちょっと本気でしたけど、付き合っていたのは、音沙汰なしの期間も含めて五ヶ月くらいでした。それから、私と千歳先生がエッチした回数は、実際には三回です。それも千歳先生にしてみれば半ば義務みたいな感じで……」

　万里緒にとって、こういう話はあまり聞きたいことではないが、当事者である江原の話し方がサバサバしていて嫌味がないので、なんとなく心が軽くなった。

　江原にとって千歳のことは、今となってはもはやどうでもいいこと、という感じに聞こえたから。

「……もう過去のことなのね？」

「そうですよ。初めてエッチしたときは私もドキドキしたんですけど、終わったあとがなんとも淡白で。それが二度も三度も続くと、なんか白けた感じになっちゃって。……でもこのこと、千歳先生には言わないでくださいよ？」

　江原が頬を膨らまして言うのを見て、彼女がいかに不満に思っていたかが窺(うかが)われた。

　それにしても、千歳は可愛いだけの女は好きじゃないとか言いながら、やることはしっかりやっていたんだな。

　夫の元カノと会うかもしれないと覚悟はしていたけれど、予想外に早い対面だった。その元カノと話をしてみて、過去のことはもう詮索する必要がない、と思えた。

「先生は、千歳先生のこと、好きなんですか？」

「……まぁ、そうね」

　江原に聞かれたので、万里緒は正直に答えた。

「もし本気なら、お見合い相手との結婚がまとまっちゃう前に、なんとかしてものにしないと……」

江原は、万里緒の身を案じるような口調で言った。

「その結婚相手、というか、すでに結婚しているのは私なの」と万里緒は言おうとしたが、なんとなくタイミングを逃してしまった。そのため、江原は万里緒が千歳の妻だとも知らず、あれこれと話し続ける。

「千歳先生って、ものすごく奥手なんですよ。女が焦れちゃうくらい」

「は？」

「付き合って二ヶ月目でやっとですよ。本人も言ってたけど、性欲薄いみたいですね。ちょっと草食系なのが玉に瑕ですが、素敵な人です。頑張ってゲットしてくださいね」

これだけあけすけに言われると、いっそ気持ちがいいくらいだ。

万里緒がただ黙って話を聞いていると、江原はなおも喋り続けた。

「先生、千歳先生をゲットしたいなら、自分から乗っかるくらいがちょうどいいですよ」

「乗っかる⁉」

「そう、千歳先生は淡泊だから、女のほうから攻めないと。先生さえよければ私、相談に乗りますよ。そういうの大好きだから」

江原は笑いながら言って、万里緒の肩をポンと叩いた。

万里緒は今さらながら気づいたのだが、江原は千歳のことを星奈先生ではなく千歳先生と呼んでいる。それだけ親しかったという証拠だ。しかも江原は千歳の上に乗ったことがあるらしい。

なのに、江原に対してまったく嫉妬が湧かない。それはきっと江原が「今の彼とはすごく上手くいってます」と惚気ていたことが影響している。

「これ、私の携帯番号とメールです。よかったらメールくださいね！　それじゃ！」

言いたいことを言い満足したのか、江原はそう言って出て行ってしまった。

万里緒も時計を見て、はっとする。午後から急ぎの用事があるんだった。

「ヤバい！」

非常階段を駆け抜け、病棟へと急ぐ。

今日も帰りは遅くなりそう、と心の中でぼやいた。

＊　＊　＊

まだ住み慣れていないマンションへ帰り着いたのは、だいぶ遅くなってからだった。

「げ、もう十時半すぎてるし……」

色々と仕事が押してしまったからしょうがないと思いながら、マンションの自分の部屋の前でふと目線を上げると、手に大きなブリーフケース、肩に小さなショルダーバッグを提げて立っている人がいた。

「星奈先生……」

万里緒は驚いて目を丸くした。

「お帰り万里緒。タイミングよかった。今、来たところ」

「電話、してくれればよかったのに。来てくれるならもう少し早く仕事を切り上げる努力をしたのに」

万里緒は急いで鍵を出してドアを開けた。

「驚かせたかったんだ」

「泊まっていきますよね？」

万里緒が靴を脱いで振り向くと、大きな手が頭を撫でた。そして、にこ、と笑って、小さく音を立ててキスしてくる。

「そのつもりだよ、万里緒」

千歳は万里緒の首に手をやって、ネックレスを軽く引っ張った。

「ちゃんと着けてくれてるね」

「もちろんですよ。手に着けていると、指輪に傷がつくから、もらった次の日からこうしています。さあ上がってください」

家に上がっていない千歳を見て慌てて言った。千歳はリビングに入って、ブリーフケースを置いた。そしてソファに座った途端に、「は」と小さく息を吐く。

「星奈先生、疲れてます？」

「まぁ、ちょっとだけ」

「こっちに来るのに、無理したんじゃないですか？」

「そうだけど、万里緒の顔、見たかったから」

「……っ」

万里緒は心が蕩けそうになった。

千歳の隣に座って、クルリとした目をじっと覗き込むと、コンタクトレンズをしているのが見えた。眼鏡の千歳も素敵だが、眼鏡なしの千歳も好きだ。

「……っと！」

万里緒は千歳の身体にしがみつく。全体重をかけて乗りかかったが、千歳の身体を倒すことはできず、彼はソファに手をついて半身を起こしている。万里緒には、それがとても不満だ。

「押し倒されてくれないんですか？」

「どうして？」

「『千歳先生は押し倒した方がいい』って、元カノが言ってましたよ？」

「会ったの？」

「会いましたよ、偶然。さっぱりした子ですね。それで、なんとなくそういう話になって……」

「なんとも思わない？」

「何がですか？」

「元彼女のことだよ？」

「思いませんよ。だって私、千歳さんの妻ですから。それに、彼女には今、彼がいるみたいだし、どうでもいいです」

「どうでもいい？」

「どうでもいいです」

千歳はもう一度ため息をつき、万里緒の背に手を回して、ゆっくりとソファに背を預けた。

「押し倒して、そのあとどうする？」

これから何をしてもいいよ、と言いたげな表情をしている。

「ふ、服を脱がせて」

「それから？」

「えっ」と思いながら、次の言葉を探す。「それから？」と言われると戸惑ってしまう。

「私が、上に、乗ります」

「どうぞ」

しどろもどろに言う万里緒の言葉を聞いて、千歳は余裕の笑みを浮かべ、そう言った。

「万里緒の好きにしていいよ」

万里緒は服に手をかけても、千歳はただ黙ってその様子を見ていた。

万里緒は千歳の肌に触れていく。

なんだかどうしたらいいかわからなくてまごついていたら、千歳が「もどかしい」と言って自ら手を動かし始めた。

万里緒の身体にゆっくりと触れる千歳の手と身体は、夜勤明けのあのときと違って、とても情熱的だった。

10

互いの身体を密着させ、長くて力強い腕で抱きしめられると、安心するしドキドキする。抱きしめられるだけで、万里緒は十分に感じてしまう。

でも、ずっとこうしているわけにはいかない。少しずつ、身体が焦れてきている。

だから万里緒は彼のシャツのボタンを外し、上半身に触れた。そして、腰のベルトも外し、よく似合っているチノパンを下にずらす。

それから少しばかり存在を主張し始めた彼のモノを出すべく、下着をずらそうとした。

そんな万里緒の行動を見て、千歳は余裕の笑みを浮かべている。

なんでそんなに余裕なんだ。これが年上の余裕なのだろうか。

「ゴムはいらない?」

「あ、えっと、星奈先生、持ってます?」

「ブリーフケースの中にある。今ここで使って、残りは置いて帰るから」

千歳はキュートな笑顔を見せ、コンドームの真新しい箱を開けて中身を取り出した。

万里緒が下着の上から千歳のモノを撫でると、硬くなっていた。

そんな万里緒の行動を見て、千歳は笑いながら言う。

「焦らしてるの?」

「……っ、いいえ!」

「どうする? 着ける? これ」

「つ、着けます」

下着をずらすと、モノが出てくる。硬く大きくなっているが、まだ完全に勃ち上がってはいない。

千歳のそこを見るのは二度目だ。夫婦になったとはいえ、出会ってまだ数ヶ月なので、やっぱり緊張してしまう。

万里緒は、彼のモノにゴムを被せた。そうすると、また少しだけ硬く大きくなった。

「上手だね、万里緒」

下半身はしっかり反応しているけれど、千歳は冷静な感じで言う。

「それからどうする？」

万里緒は千歳の目の前でレギンスとショーツを脱ぎ、床に落としてから上着も脱いだ。

キャミソールの中に手を入れ、ブラのホックを外して、紐を両肩から抜き取る。

「そんなに、じっと見ないでください」

「……こっちは下半身出して、間抜けな格好だから、早く来て」

千歳はため息まじりに笑って言い、手を差し出した。

でも万里緒はその手は取らず、千歳の膝の上に乗った。

それから彼の手を取り、自分のキャミソールの中に導く。大きな手は温かい。

万里緒は千歳の片手を両手で支え、ゆっくりと乳房を揉み上げるように動かす。

「柔らかいでしょ？」

「そうだね」

淡々と言われて、また悔しく思う。

身体の反応はしているくせに、その落ち着きぶりは何なんだ？　ここまで妻が頑張っているのだから、夫はもっとがっついてくれなきゃ、なんて思ってしまう。

だから万里緒は千歳の下着を脱がせ、彼のモノの上で腰を動かした。これでどうだ？

と言わんばかりに。

「いつも男にそうやってしてたの？」

千歳はそう聞いてくるが、実は万里緒はこういうことが苦手だ。

自分から腰を動かすなんて、実は今まで一度もしたことがない。彼のためにと頑張っているけれど、千歳の反応はいまいち。ちょっと心が萎えてくる。

万里緒は腰の動きを止め、千歳に聞いてみた。

「……気持ちよくないですか？」

「万里緒は？　イイ？」

「私？　私のことはいいんです。それより気持ちよくないですか？　何か足りない？」

おかしいな、男はこうしたら喜ぶんじゃないのか？　と心の中で首を傾げながら万里緒は言う。

すると、千歳はにやりと笑いながらこう答えた。

「足りないね、全然」

「え？　……もしかして、私が頑張ってるのを見て、馬鹿にしてます？」

千歳は苦笑して首を振る。

「そうじゃない。ただ、万里緒が気持よくないんじゃ、僕もよくならないよ」

そう言って千歳は万里緒の腰に手をやった。スカートの下の臀部(でんぶ)を撫(な)でて、万里緒の隙間を指で探る。

しばらくすると少しだけ指が入ってきた。

「……っ」

腰が揺れてしまい、万里緒は息を詰める。

「そういう顔、見せてくれないと」

一気に心拍数が上がった。指が奥まで入ってきて、千歳の上に倒れそうになる身体を、彼の身体の脇に手をついて支える。

千歳は満足そうに笑って、万里緒の中に入れている指をゆっくり動かす。

「っん……っ」

「ほら、こうしているだけじゃ、もどかしいでしょ？」

千歳は万里緒の骨盤辺りを手で支えるように持って身体を揺らし、千歳の主張しているそこを素股で撫でさせる。

指で愛撫されただけなのに、万里緒のそこはもうすっかり潤(うるお)っていた。

千歳のモノと擦れ合い、クチュッと濡れた音を立てている。それを繰り返されると、次第に音が大きくなっていく。グチュグチュと淫靡(いんび)な音が部屋中に響いた。

「は……っ」

不覚にも、腰を前後に揺らしてしまう。

本当は万里緒が上に乗って、主導権を握るつもりだったのに。本当は万里緒が千歳を感じさせ、翻弄したいと思っていたのに。

結局は千歳に快感を与えられ、身体を預けてしまう。

「こうやってると、もどかしいね……そう思わない？　どうしようか？」

千歳の言う通り、もどかしかった。

千歳はただ万里緒の身体を揺らすだけで、そこに挿れてはくれない。

なのに万里緒は息が上がってしまう。千歳も息は上がっているが、にこりと笑うその顔には余裕がある。

次の瞬間、千歳は万里緒の腰から手を離し、前後に揺らすのをやめた。

え？　と思うほど、きっぱり止めた。

「万里緒の好きにして、どうぞ」

「……っ！　いじわる……っ！」

「どっちが？　上に乗るって言われたから期待してたのに、中途半端にしか気持ちよくしてくれない」

千歳は万里緒を見て笑い、それから腰骨から背中にかけてを撫で上げた。

——ゾクゾクする。

「好きにして、どうぞ」

また千歳が言い、万里緒の背中から脇腹、足を撫でた。それから胸の谷間を撫でてから手を止め、腰に手を回して万里緒の唇に自らの唇を近づけてくる。

キスをされると思ったけれど、触れたのは頬と頬だけだった。そのまま彼の唇は下に移動していき、顎辺りにもキスされる。

「星奈、先生……」

「ん？」

また顔が近づいてくる。今度こそ唇にキスをくれると思ったのに、触れたのは互いの鼻と額。その間も千歳の手は背や胸の谷間を撫でるだけで、肝心なところには触れない。

「ねえ、万里緒。好きにして、早く」

千歳は言い、万里緒の顎の先を舌でペロッと舐めた。

こういうのって、絶対にズルイ。

千歳が万里緒にもどかしく触れるから、余計に感じて、自分から何かできるような状態じゃない。

早く好きにして、と万里緒のほうこそ言いたい。

「ズルイ……っ」

「ん？」

「キスして、星奈先生」

「どうして？　君から、して？」

「星奈先生に、して欲しい。いじわる、しないで、星奈、先生」

「僕は、君の先生じゃないよ？」

万里緒はもう堪らなくて、音を上げてしまった。

「キスして……っ。千歳、して」

「わかりました」

こうして、待ちに待ったキスをされる。

舌を絡めるキスは、少し執拗なくらい情熱的だった。

「ぁ……っ」

キスをしながら、胸の尖った部分に触れられる。

その状態のまま身体をソファに押し倒された。

千歳はなおもキスをやめず、万里緒の中に指を入れる。

「っふ……っぁ」

キスから少しだけ逃れ、万里緒は喘ぐように息をする。

しかしまたすぐに、キスで唇が塞がれる。

鼻で息をしても間に合わない。万里緒の中に入ってくる指が増えて、何度も出入りして、内部を撫でられると堪らなくて――

自然と腰が揺れ、ダメになりそうだった。なのに、ダメになりそうなところで指が抜かれてしまう。

千歳は、キスをしながら自分の足で器用に万里緒の足を開く。

それから、やや早急に、硬いモノが万里緒の中に入ってくる。

指とは質量の違うモノ。千歳自身。

腰が少しだけ反る。

万里緒が動いたことで、唇と唇が離れた。

「ああっ！」

甲高い声を上げてしまう。

千歳も少し呻くような声を上げている。

千歳はゆっくりと起き上がり、瞬きをしながら万里緒を見た。そして万里緒の足を撫でつつ抱えて、切羽詰まった表情で言う。

「焦らしてくれたよね」

「じ、焦らしたのは、そっち……っ」

そのあとは言葉が続かなかった。なぜなら、千歳が強く腰を動かしたから。万里緒の足を抱えて、腰を打ちつけ始めたから。

「君が、焦らした。上に乗る、とか言っていたのに、乗って繋がるわけでもなく……」

千歳は腰を揺らしたまま喋っているから、途切れがちになる。

万里緒も喘ぐ合間に言った。

「おこ、った？」

「怒って、ない。でも、焦らされて、元カノの話なんかもされて、不機嫌には、なった」

そう言って、胸を撫でてくる。

少し強めに揉まれた瞬間、思わず「あん」と声を上げてしまった。そんな万里緒の反応を見て、千歳は笑った。

「でもいい。僕は好きに、するから、万里緒のこと」

腰がグッと強く打ちつけられる。最奥へ入ったまま、腰を回されるから堪らなくて――

「ん……っや！　や、それ」

すると千歳「は」と息を吐き出し、また笑みを浮かべて、万里緒の足を抱え直して言った。

「焦らした分……僕が満足するまで、頑張って」

元カノは千歳のことを草食系とか言っていたけど、草食って誰のことやねん！　とツッコみたい。

「うーっ！」

万里緒の口からは、思わず呻き声が出てしまった。

「唸らない」

ぴしゃりと言われ、腰が動かされる。

何回達したかわからないくらい、万里緒は翻弄され——気持ちいいを通り越して、少し苦しいくらいだった。

＊　＊　＊

目が覚めたら、お腹が空いていた。

食事もしないで情熱的に愛し合い、抱き合ったまま眠ってしまったのだ。

時計を見ると、午前四時。

起きるにはまだ早いけれど、完全に目が覚めてしまった。

万里緒は上体を起こして膝の上に額を乗せ、昨夜のことを思い出した。

千歳は女性を満足させる術を知っている。おまけに体力があるし、抱き方がとにかく優しくて情熱的だから、メロメロになってしまう。

万里緒は、千歳から与えられた心地よい疲労感を全身で受け止めていた。

「やっぱり、経験豊富なのかなぁ……」

自分ばかりが翻弄されて、なんとなく悔しい気持ちもあり、一人つぶやく。

隣で寝ている千歳の顔を見つめ、額にかかる前髪を手で払って声をかけてみた。

「星奈先生」

「ん？　なに？」

すぐに返事をしたので驚いた。医師という職業柄、ちょっとした物音にも瞬時に反応してしまうのだろう。

「何時？」

「ま、まだ四時過ぎです。外はまだ暗いみたい」

「ん、そう……」

昨夜は抱き合ったあと交替でシャワーを浴び、万里緒はキャミソールとショーツだけの下着姿で寝たのだった。なんだか急にそれが恥ずかしくなってくる。

けれど千歳はそんなことは気にせず、もうしばらく眠っていたそうだったので、そっとベッドから降りようとした。

するとキャミソールの裾を引っ張られる。

「どこ行くの？」

「や、あの、えっと、お腹が空いたので……コンビニまで行こうかと」

「まだ暗いよ？」

「でも、ゆうべから何も食べてないですもん」

そうか、と千歳は苦笑した。

「昨日は帰って来てすぐだったから」

千歳はベッドに寝たまま万里緒を引き寄せ、正面を向かせた。そして腰を抱きしめる。ちょうど万里緒の大腿（だいたい）の部分に千歳の顔があり、ドキドキした。

万里緒は千歳の髪の毛に触れた。

こうやってお互いに優しく愛情を込めて触れ合っていると、本当に愛し合っている夫婦のような気分になる。

「暗いから僕が行くよ。何がいい？」

「あ、う、えっと、そうですね……サンドイッチとおにぎりと、お茶と、デザート」

「お菓子は？」

「あ、買って来てくれるんだったら欲しいですね」

「わかった」

ベッドを降りて立ち上がった千歳はボクサーブリーフ一枚だった。チノパンを床から拾い上げて穿（は）き、続いてシャツを身に着け、最後にブリーフケースの中を探って眼鏡を取り出した。そして万里緒の腰を引き寄せて、唇に軽くキス。

「行ってきます。服を着て待ってて」

「はい」

千歳が出て行ったあと、万里緒は薄暗い部屋の中で一人、ぼうっとしていた。

昨晩、突然千歳が訪ねてきてから、息つく暇もないくらい目まぐるしかった。

しばらくそのままでいると、玄関が開く音がした。

そんなに長時間こうしていたつもりはなかったが、思いのほか時間が経っていたらしい。

「服、着ないわけ？」

「いや、あの、ぼーっとしていたら着るタイミングが……」

万里緒が立ち上がろうとすると、千歳はベッドに膝を乗せて前を塞(ふさ)いだ。背が高いので、多少威圧感がある。

「あの……」

「したい。いい？」

こんなとき、「何を？」とは間抜けすぎて聞けない。

今はお腹が空(す)いているし、そんな気分じゃない。でも千歳がしたいなら、応じたい気分になってくる。

「君を見ると、堪(たま)らない気分になる。下着姿だったらなおさらだ」

大きな手が万里緒の肩を撫(な)でた。そうして、千歳は目を閉じて大きく息を吐く。

万里緒が目線を少し下げると、彼のチノパンを微かに押し上げるものがあった。

「星奈先生、あの……」

「ご飯食べて。シャワー借りるよ」

千歳は背を向けてバスルームへ向かおうとした。そのとき、万里緒の口を突いて言葉が飛び出した。

「星奈先生、私のこと、好きですか？」

千歳は驚いたように足を止め、苦笑しながら返事をした。

「そうだね……」

万里緒は息を詰めて、言葉の続きを待った。

「好きだよ、万里緒。初めて会ったときから」

「食堂で会ったときから、ですか？」

「今思えば、食堂のテレビよりも君のことが気になっていた。だからこっそり君を見ていた。君は、こんな僕でも好きでいてくれる？」

好きに決まっているじゃないか、と万里緒は胸がいっぱいになった。

「普通は結婚してから言うべきじゃないよね。ごめん、まり……」

万里緒は千歳に抱きつき、唇を塞いだ。そして、自ら舌を絡めた。

密着した千歳の下半身が、万里緒の腹部を押し上げる。

千歳は万里緒の髪の毛を撫でながら、悪戯っぽく言った。

「お腹空いてたんじゃなかった？」

「もう、いいです。星奈先生、セックス、して」

喘ぐように答えると、千歳は万里緒を抱き上げ、キスをしながらベッドに寝かせた。

そして、万里緒のキャミソールを脱がせていく。

「万里緒の裸、好きだ」

耳元でささやかれる。淡々とした口調なのに、その声は情熱的に響いた。

「星奈先生、はやく、して」

「わかってる」

そうして万里緒は千歳に抱かれ、身も心も蕩けていった。

＊　＊　＊

朝方抱き合った二人は、それからまたしばらく眠り、昼頃に目を覚ました。

千歳は明日からまた仕事なので、今日中に東京に帰らなければならない。

出発までの間、二人は結婚式の相談などをしながら、ゆっくり過ごすことにした。

東京では、結婚式の招待状が出来上がっているとのことだった。

そのほかのことも万里緒の叔母が準備を整えてくれているようで、残るは万里緒の衣裳だけ、というところまで話が進んでいる。

そうこうしている間に、千歳との別れの時間が刻一刻と迫ってくる。万里緒はどんどん寂しくなってきた。

北海道と東京、一体何キロ離れているんだろう。

一方の千歳は、いつもと変わらぬ様子で、なんでこんなに平気そうなの？　と聞いてみたくなる。でも聞けない。

遠く離れていることで、千歳の心も離れていってしまったらどうしようと不安だった。いつでも電話で話せるし、また来ると約束もしてくれた。それに来週は万里緒が東京に帰るつもりでいるのだけれど……やっぱり不安な気持ちは拭えない。

千歳を空港まで見送るために外へ出ると、顔見知りと偶然出くわした。

「あ！」

先に気づいたのは相手の方だった。「先生」と呼んで、万里緒たちの方へやってくる。

こんなところで千歳の元カノと遭遇するとは思わなかった。

「江原さん？」

千歳が呼びかけに応じた。

「やだ千歳先生、そんな堅苦しい呼び方」

「とにかく、久しぶり」

とにこやかに対応する千歳を見て、万里緒は大人だなと思った。

「この近くに住んでるの？」

「隣のマンションですよ。私、実家が遠いから、病院が用意してくれたマンションにいるんです。藤崎先生もここに住んでいらしたんですね！　びっくりです。ていうか、どうしてお二人がこんな場所で一緒に……えっ⁉　もしかして千歳先生と藤崎先生って付き合ってるんですか？」

万里緒が返す言葉もなく緩く笑っていると、千歳は「付き合ってるって、なに？」と首を傾げていた。

万里緒は何かと忙しかったため、勤務先でまだ苗字の変更をしていなかった。夫の千歳と職場が同じだったので、気恥ずかしいという思いもあり、なんとなく先延ばしにしていた。そのせいで、とんだ誤解を招いてしまったのだ。

「千歳先生、お見合いが上手くいかなかったんですね。わざわざ私に電話をくれたのに、残念でしたね。でも藤崎先生がいるから大丈夫か」

何も事情を知らない江原が、可愛く首を傾げる。

千歳はじっと万里緒を見ている。その視線がかなり痛い。

「どうしたんですか千歳先生？　あ、私が実はこんな女なので幻滅しました？　すみません、付き合っていたときは猫かぶってたんですよね」

あはは、と屈託なく笑う江原に千歳は言った。

「いや……この人は藤崎先生とみんなに呼ばれているんだ？　それで、僕と付き合ってるわけなんだね？」

それを聞いて、江原もさすがに笑いを引っ込めた。

「違うんですか？」

「うん、違う」

そんなやりとりを見ていて、万里緒は冷や汗が出てきた。

「あの、星奈先生、これにはちょっとした事情があって。その、苗字変更のタイミングを逃してしまって。すぐにちゃんと、しますから」

しかし千歳からは何の反応もない。代わりに江原が口を開き、事を余計にややこしくした。

「そういえば藤崎先生、今度結婚式に出るとかでお休みを取られる予定があるって言ってましたけど……もしかして、あの、ご自分の結婚式、とかじゃないですよね？　千歳先生との……」

万里緒が焦って千歳を見上げると、呆れた顔をして腕を組んでいた。そして、いつもの淡々とした口調で言う。

「早く名前変更したら？　君はもう、星奈万里緒でしょ？」

「うっそ！　藤崎先生って、千歳先生の奥さんなんですか⁉　マジで⁉」

江原に悪気などまったくないのはわかるが、今はそっとしておいてほしかった。それもこれも、きちんと事情を説明しなかった自分が悪いのだけれど……

江原は万里緒と千歳の雰囲気が微妙になっているのをようやく察したのか、「それじゃあ、私は用事があるのでこの辺で」と言って、そそくさと退散していった。

残された万里緒は、恐る恐る千歳を見上げる。

これが原因で千歳に嫌われたらどうしよう。離婚されたらどうしよう。

「ごめんなさい、星奈先生……離婚しないでください」

「しないよ、これくらいで」

さらに呆れ顔になる千歳を見て、涙が滲(にじ)んだ。千歳はやはり怒っている。

せっかく万里緒のことを思って北海道まで来てくれたのに――

それから空港に着くまでの間、二人はほとんど無言で過ごした。

それでも去り際、千歳はこう言ってくれた。

「来週、待ってる」

それだけが万里緒にとって心の救いだった。

11

夫になった人を呆れさせたり、怒らせたくはない。彼の笑顔が好きなのだ。

なのに万里緒は、結婚に伴って必要とされる手続きをせずに放っておき、彼を幻滅させてしまった。

深く反省した万里緒は翌日、早急に人事部へ行って書類を提出し、苗字変更をした。

それから、結婚式を控えていることも伝えた。

すると、内科の病棟看護師長がさっそくお祝いを言いに駆けつけた。

「おめでとうございます。すでに入籍されていると伺いましたけれど、本当ですか？」

「はい……ですね」

「それで、藤崎先生のことはこれからどうお呼びすればいいのでしょう？」

「苗字は星奈です。星奈万里緒になりました。数ヶ月前までこの病院の外科にいた、星奈先生と入籍しました」

「あの星奈先生と？　いい先生ですよねぇ。腕はいいし、穏やかで優しくて。おまけに素敵なイケメンですもの。わかりました。藤崎先生のことは今後、星奈先生って呼ばないといけませんね」

「そ、ですね。よろしくお願いいたします、星奈先生」

「こちらこそ、よろしくお願いいたします」

そう言って看護師長はきびきびと持ち場へ戻っていった。

自分が「星奈先生」と呼ばれるのは、なんだか変な感じ。それは万里緒自身が、夫である千歳を星奈先生と呼んでいるからだ。

とはいえ、いくら夫のことでも「千歳」と呼び捨てにはできない。

「千歳」

こっそり口に出してみたが、なんだかとても恥ずかしかった。お酒の勢いでも借りないと、無理かもしれない。

＊＊＊

北海道での万里緒の住まいは、病院が所有するマンションだった。医師や看護師、リハビリスタッフなど院内関係の人ばかりが住んでいる。かつては千歳も、このマンションに住んでいたという。

万里緒は今日、人事部へ足を運び、結婚により苗字が変わったことを告げたが、その際、マンションの名札も藤崎から星奈に変更したほうがいいと指摘された。その指示に従い、万里緒は自分で名札を書き換えた。

翌日は、あの星奈千歳先生と結婚した女性ということで、看護師たちの注目を集めてしまった。看護師長が言っていた通り、星奈千歳は院内でも有名だったのだ。外科医という立場上、色々な科と連携があり、患者紹介をしたりされたりするし、当時は千歳もまだ独身だったから、なおのこと女性の目を引いたのだと思う。

千歳自身は、海外派遣や研修で多忙だったので女性に縁がなかったようなことを、万里緒の叔母に言っていたらしい。「さすがにこの年になると、女の人から敬遠されますよ」とも言っていたと聞いている。

だが実際は、看護師も看護師長も星奈医師に胸キュンだったのではないか。万里緒が星奈医師と結婚していると知ってから、みんなの態度が微妙に変わった。万里緒は病院中の注目の的になってしまったし、仕事ぶりを監視されているような気さえした。

万里緒としては、千歳のスーパー医師ぶりを聞かされるにつけ、私は凡庸な医師ですけどね、と心の中で叫びながら、緩い笑みを浮かべているしかない。

今日も仕事の帰り道、さらに疲れる出来事が起きた。

「あ！　万里緒先生！」

マンションの前で聞き覚えのある声に呼び止められ、振り向くと千歳の元カノである江原がそこにいたのだ。

「あ……江原さん、何か用事でも？」

「ご飯、一緒に食べません？　ビールもたくさん用意して彼を待っていたんですけど、仕事の都合で会えなくなっちゃったから」

ほら、とスーパーの袋を掲げるのを見て、万里緒は首を横に振った。

「私、帰って寝たいから」

「そんなこと言わずに。お腹空いてるでしょ？　もう夜の十時だもん。一人じゃ味気ないし、来てくださいよ」

そう言ってぐいぐい手を引っ張るので、万里緒はため息をつきながらも、ちょっとだけよ、と応じることにした。

江原は嬉しそうに部屋へ招き入れた。万里緒の部屋よりも狭いが、綺麗にしている。

「さ！　食べて飲んでください。カンパーイ！」

江原はビールのプルトップを開け、ぐいぐい飲んだ。万里緒も疲れを吹き飛ばしたくて、一気に半分くらい飲んだ。

「ああ、美味しい」

思わず口から出てしまうくらい、身体にビールが染み渡った。

江原の手料理は、お酒のあてにぴったりのものばかりで、なかなか美味しい。

「千歳先生の奥さんだっていうことが、病院中にわかっちゃったから、色々気苦労があるんじゃないですか？」

「そりゃね。あなたも外科のナースにさんざん喋ったでしょ？」

「ばれちゃった？　でも言いたくなって当たり前ですよ。ただし、この前千歳先生が万里緒先生のところに来ていたことは喋ってませんよ」

江原は明るくさっぱりした性格で、お喋りではあるが、守るべき秘密は心得ているようだった。千歳の元カノとはいえ、なんだか憎めない感じだ。

「実はこの前のこと、反省しているんですよね。知らなかったとはいえ千歳先生との過去のこと、色々言っちゃったから、気を悪くしたでしょう？」

「別に。まぁ、でも江原さんの経験談は役に立たなかった」

「……上に乗っかったんですか？」

ビールをグイと飲みながら江原が聞いた。

万里緒も残りのビールを飲み干して、二つ目のプルトップを開け、それを一口飲んでから答えた。

「誰にも言わないでよ？」

「言いませんよー。上に乗った方がよかったでしょ？」

「全然。乗っかったのはいいけど、反応は薄かった」

「うっそぉ……千歳先生、私とのときはめっちゃ反応してましたよ？」

こんなこと平気で話していい間柄だろうか、と万里緒はふと疑問に思う。医師と看護師がこういう関係になるのはあまりよろしくないとも思うが、江原があまりにもあっけらかんとしているので、万里緒はつい乗せられてしまう。

「江原さんが上手かったからじゃない？　だとしても、あまり詳しく知りたくはないわ」

「そうですよね。でも」

「でも、なに？」

「乗っかってダメなら、口で頑張ってみたらどうですか？」

「……星奈先生にしたの？」

「うふ、秘密」

したんだな、と思いながら、ため息をついた。

千歳は万里緒のことを好きだと言ってくれたが、万里緒が江原と同じことをしても反応が薄かったということは、万里緒が下手か、魅力を感じられないかじゃないか。

千歳は、万里緒が積極的に出るのを好まない節がある。以前、夜勤明けの朝、初めて千歳としたときも、抜いてあげようとしたら嫌がられた。

江原にはセクシーな魅力を感じて、万里緒には感じていないのかも。それを思うと、ドツボにはまる。

「聞きたくない事実かもしれないけど、千歳先生は、私とするときはいつもしっかり反応してましたよ。万里緒先生も、もっとセックスアピールすべきですよ。下着とか、もしくは態度とかで」

「私、そんなに色気ない？」

「万里緒先生は、顔は可愛いのに少し色気が足りないかも？　それに仕事ぶりも男前で、ついでにビールの飲み方もそうだから、あまりセクシーさは感じない……だから、せめて夜のときは可愛い下着を着けて『ちとせぇ』って甘えてみた方がいいですよ」

「ところで……江原さんは、星奈先生のこと千歳先生って言うのね」

「付き合ってたから千歳先生って呼んでいるわけじゃないですよ？　ほとんどのスタッフがそう呼んでました。外科に『星野先生』という似た名前の先生がいたから」

そうなのか、と万里緒は内心ホッとした。妻の万里緒がまだ星奈先生としか呼べないのに、元カノの江原が気易く千歳先生と呼ぶから、ちょっとこだわってしまったのだ。

「千歳先生にはアタックあるのみですよ」

アタック。万里緒は自分では、もう十分アタックしているつもりでいるが、まだ足りないのだろうか。

今日江原と話し、すっきりしたことと、モヤモヤが増幅したことがある。

それでもとにかく、千歳との心の距離がもっと縮まるように、アタックあるのみ、なのかもしれない――

＊　＊　＊

翌週、万里緒は予定通り、いったん上京した。

今回の帰省の目的は、結婚式の衣裳を決めることだ。

ドレスショップでの試着は翌日の予定なので、着いたその日は千歳の家に泊まることになっていた。

インターホンを押すと、待っていた千歳がドアを開けてくれる。

「こんにちは」

万里緒はどこか他人行儀な挨拶をしながら、笑みを向ける。

「一週間ぶりだね」

千歳に迎え入れられ、リビングに入った。二泊分の荷物を詰め込んだバッグを置き、ソファに座る。

今日、万里緒は可愛い下着を着けてきた。ちょっと値が張ったけれど、淡いピンク色のレースの付いたブラとショーツ、それと揃いのキャミソール。これなら完璧だと思う。

脱いでもOKなはず。

そんな万里緒の密かな気負いなど知らない千歳は、ごく普通に話しかけてくる。

「移動、大変だったでしょ？」

「そうですね。トータル五時間近くはかかりました」

「ところで、ちゃんと名前は変更した？」

「はい。きちんと星奈万里緒にしてきましたよ。すみません、手続きが遅くなって」

「いいえ」

「星奈先生、向こうでもモテてたんですね」

「え？　そうでもないよ」

「みんなが素敵だって言ってましたよ。あの星奈先生の奥さん、ってことで、私の顔も知れ渡りました」

「そう。でも、別にモテてはなかったよ」

そんな他愛ない話をして、二人で緑茶を飲んだ。

「……星奈先生、可愛い下着は好きですか？」

「急にどうしたの？」

「いや、別に、なんとなく」

「そう」

千歳が万里緒の質問の意図が汲(く)み取れないようで苦笑している。

こういう笑い方をされたときは失敗だ。突然こんなこと聞かなきゃよかった、と思いながら万里緒は下を向く。

沈黙が続いた。

話すことがなければ別に話さなくてもいいじゃないか、無理に話す必要はない、と思うけれど、なんとなく万里緒は焦(あせ)ってしまう。

「明日は……」

「じゃあ、あのフェ……ラ」

二人同時に口を開いたので、言葉が重なってしまった。万里緒は慌てて口を閉じた。

「は？」

千歳が聞き直してくる。万里緒は、なんとかごまかそうと、質問に質問で返した。

「ん？　なんですか、明日」

「いや、万里緒は今、なんて言おうとしたの？」

「いえ、別に」

万里緒が首を振って笑みを向けると、千歳は眼鏡を押し上げ、小さく何度かうなずいたあと、「時と場合によりけり。好きかな」と言った。

「……な、何がですか？」

「フェラ」

どうやら万里緒の言葉は、しっかり千歳の耳に届いてしまっていたようだ。

そして彼は、にこりと笑って万里緒のシャツブラウスのボタンに触れる。

片手で器用に三つほどボタンを開けて、万里緒の胸の谷間あたり、ちょうど淡いピンクのレース下着が見えるところを少しだけ開く。そして、何も言わずにそこを見ている。

「……あの、何か言っていただけると……」

万里緒が感想を求めると、千歳はただ苦笑した。

失敗じゃん。こんなふうに苦笑されるってことは、失敗じゃん。

もう、なんだか本当に、千歳とは相性が悪いような気がしてきた。これじゃきっと離婚は秒読みだよ、と心の中で崩れ落ちる。

「星奈先生、離婚しないでくださ……っ」

万里緒が全部言い切る前に、千歳の指がブラのカップを指でずらす。そのまま彼は、わずかに見えた胸の頂(いただき)に顔を寄せて唇で啄(ついば)んだ。

チュッ……チュッ……とじっくり数秒啄んだあと、唇を離して顔を上げる。すでに万里緒の心臓はドキドキだ。

「あ、あの、下着、どうでしょう」

「万里緒っぽくない」

「いや、いつものはシンプルすぎたかと思って」

千歳は困ったような顔になり、苦笑しながら聞いた。

「ねえ、どうして君はすぐに離婚なんていう言葉を口に出すの？」

「その……私、頑張ってるつもりなんですけど、なんだかいつも見当外れになっちゃって、上手く想いも伝えられないし……そう思って焦ると、今日みたいに変なことを突然言い出しちゃって……下着もいまいち、お気に召さないようですから」

「お気に召してますよ、万里緒さん」

「……へっ？」

「だから離婚って言葉を、もう口に出さないでくれると嬉しいけど」

千歳は万里緒を見た。彼は至極真面目な顔をしている。

「君はどうしてそう、僕に対していつも自信なさそうなの？　キスだって、セックスだって、君自身の快感なんかどうでもいいような言い方をして。君がそう考えるように、僕だって好きな人に喜んでもらいたいと思っているんだけど、そんな態度を取られると、どうしていいかわからなくなる」

千歳にズバリそう指摘された。

万里緒は千歳に恋をしているから、千歳の反応に一喜一憂してしまい、自分のことはあまり考えられなくなっている。

「ダメですか？　好きな人にはめっちゃ気持ちよくなって欲しいし、好かれたいと思う。私、不器用だから頑張るしかないんです。だからセックスも頑張ろうと思ったのに……それはダメなんですか？」

ここで涙を流すのはよくないとわかっているけれど、千歳の言葉が胸に刺さった。

「セックスを頑張るのは男の方でしょ？」

万里緒が顔を上げると、千歳は微笑んでいた。そして、万里緒の頬に伝っていた涙を拭ってくれる。

「君はそんなに頑張らなくていい。それに僕は、乗られるより乗る方が好きだ」

「マジですか？」

「はい」

「本当に本当ですか？　でも、たまには私が乗った方が楽しめませんか？」

「じゃあ、たまにお願いします」

瞬きをすると、千歳が笑って頬にキスをした。

「一週間ぶりに、しましょうか。万里緒はどの体位がお好みですか？」

「はっ⁉　体位⁉」

千歳は万里緒の反応を見て可笑しそうに笑い、抱き上げてくれた。

「うわぁ！」

「相変わらず色気のない」

そうして連れて行かれたのは寝室。ベッドに下ろされ、千歳が迫ってきた。

万里緒は、ちょっとだけ後ずさる。

「正常位？　横から？　それともうしろから？」

「なな、何でそんなこと聞くんですか！　や、あの、好きにやっていいですので」

改めて聞かれると困る。

「好きにやってくださいっていうのは気に食わない。君の好みが知りたいんだ」

そんなこと聞かれても、万里緒は答えられない。千歳とだったら何もかもいいから、本当にどんなでもいい。

「や、本当に、困ります！」

「どうして？　好きな体位はないの？」

「普通はあるものなんですか？」

遠慮しているとか、恥ずかしがっているとかではなく、万里緒には本当にとくにない。だから、そんなふうに可愛く首を傾げられても困る。

「そう、わかった。じゃあ、普通に」

そう言って千歳は、万里緒を正面から抱きしめた。

ゆっくりと唇を啄まれ、それから服の中に手が入ってくる。胸をじっくり揉まれ、尖った部分を摘まれると、息が詰まる。

「普通に、って？」

万里緒が聞いても、千歳はただ笑っている。

「正常位、ってことですか？」

「正常位がいいですか？」

言いながらスカートを脱がせようとしたので、万里緒は腰を浮かして彼を手伝った。

続いて、千歳が下着に手をかけたので、思わず身体が固まってしまった。

「脱がせたら、ダメ？」

「や、ちょ、っと、恥ずかしくて」

「そう」

今さらかよ、と思われているかもしれない。しかし、なんだか恥ずかしいんだからしょうがない。

千歳は体位を変えて、万里緒を横抱きにする。彼の顔を追いかけて振り返ろうとすると、千歳は笑みを浮かべたまま、人差し指で反対の方向を指す。

「万里緒は、あっち向き」

「あっち？」

「そう、僕に背を向けて」

言われるまま、千歳に背を向けると、腰を引き寄せられた。

「君が恥ずかしがるから、顔の見えない体位で」

「あの、えっと……っ」

万里緒の言葉を千歳がキスで呑み込む。

舌を絡めて吸い、深く唇を合わせる。

その間も胸を弄る手は休むことなく、その手がゆっくりと下へと移動し、下着に手をかける。でも、すぐに脱がせるわけではなかった。下着の中に入ってきた手は、ゆっくりと万里緒の足の間を撫でた。

「んっ、ん……っん」

唇を解いてようやく息を吐き、千歳の手首に手をやる。そして少し引っ張ってみたけれど、抵抗された。

「どうして止める？」

「だ……って」

甘え声を出してみたが、千歳の指はゆっくりと万里緒の身体の隙間に入ってくる。すべて入れるのではなく、浅い部分に触れるだけ。それがもどかしくて、腰が揺れた。

千歳はその間も、胸への愛撫を続けている。

「あ……っん」

しばらくモジモジしていたら、指がすべて入ってきた。思わず腰が跳ねる。

それを合図に、指がもう一本増えて中を探るから、堪らない。軽く達してしまい、身体が震える。

「私、ばっか……りっ」

悔しく思ってうしろ手に千歳の足の付け根に触れてみると、そこはしっかり反応していた。しかし、すぐに手を取られてしまう。

「セックスを頑張るのは、男の方だって言ったでしょ？」

そう言って千歳は、万里緒の半分脱げかけた下着を、自分の足を使って器用に足首まで下ろす。その間も、万里緒の中に挿れた指は忙しなく動いていた。

もう片方の胸に触れていた手は、クルクルと腰のあたりを撫で回す。

万里緒の身体が十分に潤っているのを感じた千歳は、ゆっくりと中から指を引き抜く。

その瞬間、ジュプッという濡れた音が響いた。

先ほどまで中にあった指が万里緒の内腿に触れたとき、しっとりした感触があった。

自分の中を探ったせいだ、と思うと、恥ずかしい。

万里緒がそんな羞恥に身悶えていると、千歳からボタンを外す音、ジッパーを下げる音が聞こえてくる。それからしばらくして、何かパッケージを開ける音も聞こえた。

「あ、の？」

「ん？」

千歳は万里緒の髪の毛を少しかきわけ、耳のうしろにキスをした。それから後頸部を触って、少し強く吸った。その行為に感じてしまって、甘い声が出る。

「ゆっくりしたいのに、煽るね」

微かに笑った千歳の声は、なんだか熱を帯びていた。

「この体位で、です、か？」

万里緒が聞くと、

「恥ずかしいって言うから」

と言いながら、また足の間を撫でる。まるで確認するように全体を撫でてたっぷり焦らしてから、万里緒の身体の隙間に触れる。

直後、軽く指が入ってきたので、腰が揺れた。

そのはずみで万里緒の足が少し開いたのを、千歳は見逃さなかった。長い足が伸びてきて、万里緒の足の間に差し挟まれる。先ほどまでよりも腰が密着した。

背後で千歳の手が動き、その繊細な指が千歳自身を誘導する。

万里緒の隙間に当たると、ニチャリという濡れた音を立てて、ズプズプと大きなモノが入ってきた。

「っあ、あ……っん、っん」

喘ぐように息をして、千歳を受け入れる。ようやくすべてが入ったとき、腰が震えた。

「んん――っ」

思わず爪でシーツを掻いてしまい、ギュッと手を握った。万里緒はあっけなく達してしまったのだ。

耳元で、微かに掠れた笑い声がする。

「何度イッても、いいからね」

そうして頭を撫でられる。

それから千歳は万里緒の足を抱え直し、ゆっくりと腰を動かし始めた。その動きは、万里緒の達したばかりの身体に、さらに強い刺激を与えた。

「あっ、あっ、あ！」

うるさいほどに声が出てしまい、慌てて口を閉じる。

「ん……っふ」

「声、出していいよ？」

小さく首を振ると、胸を揉まれる。それから身体同士が繋がっている部分を愛撫される。

「は、っあ」

腰を揺さぶられ、繋がっている部分をクルクルと撫でられ、そしてさらに腰を強く押しつけられるので堪らない。

「や、やっ！　ちと、せぇ……っ」

思わず彼の名前を叫ぶ。

もう、感じすぎどうにかなりそう。

首を振って強すぎる快感をやりすごそうとしていると、身体をベッドに押し付けられ、うつぶせにされた。

そして、うしろから鋭く腰を突かれる。

「これ、だ、め……っん」

「どう、して？　よさそうなのに。ねえ、苦しくない、なら、このまま、イカせて……」

耳元で笑っている千歳の声がする。少し掠れた途切れがちなその声は、余裕がありそうで実はそうでもない彼の様子を物語っていた。

そんな彼の反応を身体で感じた万里緒の身体は、キュッとしてしまう。

「狭く、しないで……」

千歳が、苦しそうに呻く。

「し、てない」

そう答えると腰を激しく揺さぶられ、万里緒はまた限界が近づいてきた。

「は……っあ！　んんっ……」

千歳は万里緒の顔をうしろへ向かせ、少し無理な体勢でキスをした。あまりのよさに涙も出てくる。

「どうした？」

万里緒の涙に気づいた千歳が、腰の動きを緩めながら聞いてくるけれど、上手く答えられない。

「ちと、せ……」

「僕が、何？」

聞き返されて、下唇を噛む。

千歳のクルリとした目が万里緒の目をとらえ、視線が合わさった。

「気持ちいい？」

千歳に言われ、こくこくとうなずく。千歳はまた笑顔を見せて、唇の端にキスをした。

「僕も、すごく、いい」

荒々しく息を吐きながら言う千歳を見て、さらに身体がキュッとなってしまう。

千歳は目を少しだけ細め、吐息とともに小さく声を出す。そんな千歳が何とも悩ましく、愛おしい。

万里緒もこのままイキたい気分になってくる。このまま、千歳と――

「ね、早く、イキたい。千歳、と」

そう言うと千歳は万里緒の頭を撫で、耳にキスをした。万里緒はそれだけでも感じてしまって、ビクリと身体が震える。

「ん、わかりました」

千歳はそう言い、腰を前後に激しく動かした。

そのピストン運動のせいで、千歳の身体が万里緒から少し離れるたび、ニチャックチュッという音が響く。

「はなれ、ちゃ、や……千歳」

すると身体を引き起こされ、うしろから抱きしめられながら、千歳の膝の上に乗せられた。だっこされた格好になり、繋がりが一気に深くなる。そんな体勢で揺さぶられると、もう堪らなくて千歳の腕に爪を立てた。

「っあ、ん……っは！」

万里緒は達した。

苦しいくらいの快感に、欲望のすべてを解放した。心地よさが全身を覆う。

しばらくして、千歳も腰の動きを止めた。最後に少しだけ呻いて万里緒をいっそう強く抱きしめ、どうやら達したらしい。

互いに忙しない息をしながら、じっとしていた。

呼吸が少し落ち着くと、千歳は万里緒の身体をうつぶせに戻した。ゆっくりと腰が離れ、千歳自身も引き抜かれる。それがまた快感で、万里緒は息を詰めてしまう。

うつぶせのままだと苦しいので、上を向く。

千歳の方を見ると、上半身だけ起こしてベッドサイドの壁に寄りかかっている。

パチン、と小さな音を立てながら、彼は避妊具を外した。

万里緒の視線を受け止めて、にこりと笑う千歳。その顔が、なんとも言えずキュートだ。

「よかった？」

万里緒は恥ずかしくなって下唇を噛みながら、うなずく。

「そう。じゃあ、現実に戻ろう、お互いに」

千歳はティッシュの箱から数枚を取り出し、万里緒の足の間にティッシュを当てて、そっと拭いていく。

「や、ちょ……っ！」

こういうことを丁寧にされると、恥ずかしい。

でも千歳は平気な顔で、汚れたティッシュをごみ箱に捨てたりしている。それを見て、うう、と心の中で唸る万里緒。

「さて、現実に戻って結婚式の招待客の席順を決めよう。今日のうちに、色々とやっとくべきことは山積みだからね」

千歳は淡々と語りながら、服を直していた。

万里緒も起き上がって、はだけたスカートを直す。

「そうだった！　私、そういう準備をまだ全然してない……」

焦りだした万里緒に、千歳は作りかけの席次表を手渡してくる。

それから「先にシャワーを浴びてくるね」と言い残して寝室を出て行ってしまった。

万里緒は彼を見送り、急いで下着を拾う。それから、席次表とにらめっこを始めた。

結婚式って、あれこれ結構大変！

12

数日後、結婚式の準備を色々と進めて、万里緒は北海道に戻った。

いつものように仕事に打ち込んでいると、消化器内科の医局長に声をかけられる。

「星奈先生と喧嘩せずに、ちゃんと仲良くやってきたか？　結婚式の前は、色々と決めなければならないことが多いから、喧嘩になってしまったりする」

「……ああ、ですね。でも、何事もちゃっちゃっと決めてきましたから大丈夫です。母はいちいちうるさかったけれど……」

「それはよかった。では星奈先生、いただいた招待状の返信を渡しておくよ。……当日は久しぶりに同期とも会えそうで楽しみだ」

「お忙しい中、ご出席を賜りまして恐縮です。よろしくお願いいたします」

「うん、こちらこそよろしく」

そうして医局を出て内科病棟に戻ると、ここにいるはずのない人がいたので、万里緒は目を丸くした。

「清乃……！」

「あ、万里緒、久しぶり」

にこりと笑う仁科清乃は、万里緒と同期の医師だ。大学の頃からの付き合いで、晴れて医師となってからも、少し前まで同じ病院に勤務していた。

今回、清乃は学会に出席するために北海道を訪れ、わざわざ万里緒のいる病院まで来てくれたのだ。

仕事が終わったら一緒に食事をしようと約束して、一旦別れた。

実は万里緒は、清乃に聞きたいことがあり、これまで何度となく尋ねてきたが、なぜかいつもはぐらかされていた。

今日こそ、その真相を確かめたい。

＊＊＊

清乃は医師として優秀で、患者への対応も誠実そのものだった。日頃、医師同士が意見を戦わせるときも、自己主張が強すぎるということもなく、とても優しい物の言い方をした。見た目も色白で女らしい。そんな清乃は、どちらかと言えば男の人と付き合うのは慎重派だ。

そんな清乃が、三枝と付き合っているかもしれない、と感じることがあった。もちろん彼女のことだから、きちんとした考えがあって付き合っているのだろうけれど、本当のことを知りたい。

だからその日の仕事終わり、万里緒は自分のマンションに清乃を招いた。

食事とお酒の支度を整え、テーブルを挟んで向かいに座っている清乃をじっと見つめる。

「万里緒が聞きたいことはわかってる。だからこうして、万里緒の家で飲んでるのよ」
「そうなの？　だったら、そろそろ本当のことを教えてくれないかな」
「いいわよ。三枝先生は、人前でも平気で万里緒にちょっかいかけてたでしょ？　万里緒は迷惑そうだったよね。それで私、彼にこう言ったの『ちょっかいを出すなら私にしませんか？　成功確率、高いですよ』って。それから、ご飯を食べに行ったりするうちに、そういう仲になったわけ。もう三年になるわ」

「つまり、最初は軽い気持ちで始まったけど、今はお互い真剣に付き合ってる、ってことだよね？」

「そうねぇ……でも、あの人、相変わらず万里緒に絡むじゃない？　あれって私に対する当てつけっぽい部分もあって……私、彼のそういうところが嫌なの。万里緒は私の大事な友達よ。変に利用して欲しくなかった」

「……まぁ、私のことなら気にしなくていいよ。今はもう私、北海道にいるんだし。それにしても、もう三年の付き合いにもなるのね。私はこの間、病院から少し離れた場所にあるラブホテルに泊まることになったとき、星奈先生から『三枝先生から、ここのホテルは評判がいいって聞いた』と言われて、ピンときたのよね。ほら、清乃も同じようなことを前に言っていたでしょ。それで、点と点が繋がったというか、もしかしたらそうかも……って……」

「ふーん。万里緒も星奈先生とあのラブホ使ったんだ？」

「使ったよ。ゴムもしっかり使ってきました。悪い？」

「いいえ、悪くない。だって夫婦だもんね。むしろ私は、万里緒と星奈先生が結婚したことの方が驚きだった。不思議な縁もあるものね。でも、ともかく縁があって結婚までしたんだから、いいなあ、万里緒は」

「清乃のほうは、三枝先生とどうなりそうの？」

「……なんかねぇ。もっと好きになれたらいいんだけど、なれなくて……だから、ここ一ヶ月くらいは距離を置いているの。ねえ、私のことはいいから、万里緒の話を聞かせてよ。星奈先生って、上手い？」

「は？」

「セックスよ。上手い？　この前ね、星奈先生とちょっとだけ話したんだけど、低い声がセクシーね。この人が万里緒の旦那様かって思うと、色々好奇心が湧いてきて。視線もどんどん下がっていって、ついユニフォームの下半身まで行っちゃうんだよね」

清乃は笑っていたが、万里緒は、ふう、とため息をついた。

「清乃、あのね……一体、彼のどこ見てんの……？」

「星奈先生は背恰好がしっかりしてるから、きっとアレのサイズも、とか、外科医だから体力あるよねとか、あっちのほうも強そうだな、なんて思ったり」

「なに言ってんの、もう……」

力が抜ける。

「しょうがないっしょ？」

「しょうがなくない！」

三枝と清乃の話をしていたのに、どこで話が逸れたのか。

清乃の言葉を千歳の前で思い出さないようにしよう、と万里緒は自分に言い聞かせた。

＊＊＊

翌週の休みにも、結婚式の準備のために東京へ戻った。

花嫁衣裳はもう決まっていたが、それに合わせてヘアスタイルを決めなければならない。

とはいえ万里緒の髪は今、ショートボブ。どうやってもアップヘアにはできない。だったら髪型なんか、どれを選んでも似たようなものだし、正直言ってどうでもいい、というのが万里緒の本心だ。

それに、毎週北海道と東京を行ったり来たりするのはかなり骨が折れる。日頃の疲れもあり、飛行機の中では爆睡だ。

そんな忙しい折だが、今回東京へ戻った当日の夜も、また清乃と夕食を共にする約束をしていた。三枝と千歳も一緒に四人で会うことになっている。

万里緒は東京に着くとすぐ、千歳の家へ行って荷物を置いた。そうして身軽になって、千歳、三枝、清乃の三人と共に、会食の場にいる。

「万里緒、ビールでしょ？」

清乃が勧めてくれた。

「う、うん。ありがと」

千歳はこのあと車の運転があるので、酒は断った。三枝は飲む気満々のようだ。とりあえずビールで乾杯をすると、三枝は一気に飲み干し、もう一杯ジョッキを注文していた。

そして三枝は、千歳と万里緒の結婚式のことを口にした。

「もうすぐだな、式まであと一週間くらいじゃね？」

「そうだね。結婚を決めたときは、式まで二ヶ月もあると思っていたけど、あっという間だった」

千歳が苦笑して言うのを見て、万里緒も、本当にその通りだ、と思った。

仕事と並行して結婚式の準備に追われ、息をつく間もなかった。

だが、あと少しで、東京と北海道を行ったり来たりする日々にも終止符を打てるのだ。

そう考えると嬉しくなる。

「ずっと来たり行ったりで、きつかったです。明日は髪型をさっさと決めて、さっさと帰ります」

万里緒が言うと、清乃も三枝もなんとも怪訝（けげん）そうな顔をした。

「万里緒ちゃんは、これから先もずっと来たり行ったりだろ？　だって、旦那は東京にいるんだぜ？」

は、と気付いて千歳を見る。千歳も万里緒を見て苦笑していた。

「せっかく僕に会いに東京へ来たのに、さっさと帰る、は酷いね」

しまった、と万里緒は慌てて言い繕う。

「あ、いや、結婚式のあともちゃんと会いに来ますよ。ただ、疲れることが多かったから、ちょっとゆっくりしたい気持ちが……」

「わかるよ」

千歳はそう言ってくれた。

万里緒はまた失敗してしまった。自棄になってビールを一気に半分くらい飲むと、清乃が心配そうに眉を寄せて見ていた。

「万里緒、そんなにグイグイ飲まないでよ。あんたは、男かっての」

これもまた失敗だった。

「今日は早く帰って寝た方がいいね、万里緒」

清乃にそう言われて、万里緒もうなずいた。

明日は午前中に美容院へ出かけ、結婚式の髪型を決めたらすぐ、北海道に帰らなければならない。

「早く帰るのはいいけど、仲良くしすぎるなよ、星奈」

「なにそれ」

三枝に暗に夜の生活のことをからかわれ、千歳は笑って受け流していた。

だが万里緒は顔が真っ赤になってしまう。

そんな万里緒を、清乃がジッと観察していた。

ほんの数日前の会話が思い出される。

万里緒は清乃の顔をまともに見ることができなかった。

しばらく万里緒も清乃も黙ったままでいると、千歳が心配そうに尋ねた。

「二人とも、どうかしたの？」

「い、いえ、なんでも？」

万里緒が言うと、清乃も軽く肩をすくめた。

「なんだか、アイコンタクトでお喋り（しゃべ）りしてる感じだったけど？」

「そんなことないです。清乃がじっとこっちを見るから、私も見返してやっただけです、あはは」

万里緒が返答すると、清乃は渋い顔で、密かに舌打ちなどしていた。

万里緒は緩（ゆる）く笑って、「本当に何でもないんです」と重ねて言った。

「そう、それならいいけど」

千歳は安心したようだが、三枝はしつこく食い下がろうとする。

「いやいや、星奈、ここで引っ込んじゃいけないぞ。清乃と万里緒ちゃんは、いかにも挙動不審な感じだったろ。なんだよ二人とも。女同士の内緒の話か？　あ、もしかして下ネタ系？」

「あっは！　ネタなんてあるわけないっすよ！　もう、三枝先生は考えすぎなんだからぁ。ね、清乃」

「星奈先生、女同士のアイコンタクトなんか無視してくださいね」

万里緒の思いも虚しく、清乃は何かありますよ、と肯定するような意味深な言葉を吐く。

それに対して千歳は笑みを浮かべ、優しいことを言った。

「そうですね。ただ、万里緒が変な顔をしていたから、ちょっと気になって」

「万里緒は素直なんで、考えてることがすぐ顔に出ちゃうんです」

「それはいいことだよね」

千歳は淡々と万里緒を誉めた。

そこで話の流れが変わるかと思われたが、三枝はしつこい。

「だからさ、万里緒ちゃんは何を考えていたんだよ。とにかく下ネタ系だよな？」

万里緒は下を向いて唇を噛み、もうどうしてこんなことになっちゃったんだろうといじけていた。

万里緒がしゅんとしてしまったので、見るに見かねて、清乃が助け舟を出した。

「私が悪いの。悪いのは万里緒じゃないのよ。私が言ったの」

「何を言ったんだよ、どうせ下ネタ系だろ？」

三枝はどこまでもしつこい。

「そうよ。まぁ、下ネタ系だけど、大したことじゃないから」

万里緒は何度も瞬きをしながら、それ以上は話さないでほしい、と清乃にアイコンタクトを送る。けれど、彼女には通じなかった。

万里緒は諦めて目を閉じた。

「大したことじゃないけど、強いて言えば、星奈先生関連の、緩い下ネタ」

言いながら酒を飲む清乃。

なんてこったい、としか言いようのない事態だ。万里緒は千歳の顔がまともに見られない。

だが、清乃がみなまで言わなかったことには感謝している。

「星奈がネタにされるのはさ……」

「誠は黙ってて」

ピシャリと清乃が三枝を制した。そして清乃は、万里緒に笑みを向ける。

しばらく沈黙していると、今度は千歳が軽い調子で言った。

「僕は結構、ネタにされること多いんだよね。看護師からも、星奈先生って強そう、とか言われたりするし。医者や看護師は身体のこととか平気で口にするけど、言われたほうは決していい気分じゃないよね。強そうって、なにが？　と言ってやりたくなる」

冗談めかしてはいるけれど、鋭い言葉だった。万里緒と清乃の会話を暗に批判している。

言い切った千歳は、万里緒を見て、にこりと笑う。万里緒は泣きそうになった。

そんな万里緒の反応を見て、清乃が降参のポーズをとりながら、観念して言う。

「……万里緒って本当に、考えてることが全部、顔に書いてありますよね。いいよ万里緒、もう心配しなさんな。星奈先生、私、認めます。私が、星奈先生の下半身のことをあれこれ聞きました」

「え？　君たち、本当にそんな話をしたの？　へえ、そう」

千歳は笑いながら言う。

「……っ」

これには清乃も驚いたようで、絶句していた。

だがすぐに立ち直り「カマかけました？」と千歳を問い質す。

「まさか。ただ、何となく、君ならそういう話もするかなぁっていう気がして言ってみただけ」

そんなふうに言われて、清乃はムッとしていた。

やめて、喧嘩しないで、と万里緒はハラハラしてしまう。

だが清乃は黙っていなかった。

「星奈先生って、評判通りですね。頭がいいし、洞察力もある。でも、あんまり先回りされると、ウザいですよ？」

なんてこったい。喧嘩腰だぜ。やめてくれ清乃、と万里緒は心の中で必死に願った。

当の千歳はただ黙って清乃の話を聞いていた。とくに、感情の揺れは見られない。

「清乃、お前……星奈に向かってなんてこと言うんだ」

三枝が割って入る。

「だって、悔しくて。あんたみたいに単純な男は、扱いも簡単だけどね」

「ひっで……」

三枝はあからさまに傷ついた顔をした。

千歳も怒り出すかもしれない。

もうダメだ、と万里緒は心の中で泣き崩れた。というか、声を上げて泣きたかった。

万里緒がそんな思いでいるというのに、なんと千歳は笑っているではないか。

これってどういうこと？

「ごめんね、仁科さん。これからは気をつけるよ」

千歳は清乃を見て笑顔でそう言い、続いて万里緒を見て笑った。

「君の友達、面白いね」

なんだか今日は、全然上手くいかない。

こんな日は、ビールをがぶ飲みして、何もかも忘れるほど酔ってしまいたい。

13

翌朝は二日酔いで胃がむかついた。

ビールだけではなく、カクテル、ハイボールも飲んだせいだ。お陰で、気分は最悪。

「おはよう、二日酔いさん」

そう言って額に当てられたのは、水の入ったペットボトル。ひんやりして気持ちいい。

「ありがとうございます」

すでに起きていた千歳が脇に座ると、ベッドが揺れる。

そういえば、昨日、自分はどうやってここに来たんだろう。まったく記憶にない。

万里緒は、昨日の自分の失態を思い出し、布団で顔を覆った。

「万里緒、昼までに式場の美容院へ行くんでしょ？　そろそろ十時だけど？」

万里緒がおずおずと布団から顔を出すと、キュートな笑顔とぶつかった。

「起きないとね」

千歳は優しい声で言い、万里緒の唇にちゅ、と音を立てて軽くキスをした。そして万里緒の頭を撫でてから寝室を出て行った。

万里緒は、今、千歳がキスしてくれたことに驚いていた。

「……星奈先生は昨日のこと、何とも思ってない？」

いや、何も思っていないわけはないだろう。

万里緒は二日酔いの首を振りつつ起き上がり、フローリングの床に足をつける。

万里緒のスーツケースは寝室の隅に、きちんと片けられていた。確かリビングに置いたはずだが、千歳が気を利かせて運んでくれたに違いない。

そんな配慮に感心しながら、万里緒はスーツケースから服を取り出して身に着け、洗面所へ向かった。

リビングを横切ろうとしたところ千歳に「何か食べる？」と呼び止められた。

だが酷い二日酔いで、食欲はまるでない。

万里緒はただ首を横に振った。

千歳も、ただ苦笑してうなずいていた。

洗顔をし、髪を軽く整えてリビングに戻ると、テーブルの上に冷たい緑茶が置いてあった。なんて気が利くのだろう。

「すみません、星奈先生」

千歳の隣に座って心からの礼を言うと、千歳はにこりと笑って「いいえ」と言った。

家の中ではいつも眼鏡をかけている千歳だったが、今日はコンタクトをしている。外出の予定があるのかもしれない。

「星奈先生も、今日はどこかにお出かけですか？」

「ちょっと用事があって。すぐに帰ってくるけどね。帰りは空港まで送るから」

「……や、いいです。悪いですから、あの、一人で帰りますから」

「悪いって、どうして？」

「昨夜は私、飲みすぎちゃって、支えてもらわないと歩けないほど足元が覚束ない状態だったでしょ？　そんな私を抱えて助手席に乗せて、家まで連れ帰って、ベッドに寝かしつけてくれたんでよね。ずいぶん迷惑をかけてしまいました」

「迷惑だなんて思ってないよ」

「すみません」

この人は夫なのだから、迷惑をかけたとか申し訳ないとか、そんな他人行儀な言い方は不自然だと気づいた。さらに居たたまれない気持ちになる。

「星奈先生は、どこへ行くんですか？」

「ちょっと買い物にね。少し遅めの時間にはなるだろうけど、お昼は式場のホテルで落ち合って一緒に食べようか？」

万里緒と千歳の結婚式はホテルで執り行われることになっている。

でも、二日酔いの万里緒の胃は、どんな美味しいものも受けつけてくれそうにない。

「二日酔いだから入らないかな？」

万里緒の状態を察して、可笑しそうに笑う千歳。その笑顔を見て、万里緒はドキドキした。

「入らなくても、入れます」

「だめだよ。無理しないでここに帰っておいで。お粥を作っておいてあげるから。それで、帰りは何時のフライト？」

「十八時五十分の飛行機です」

「了解。じゃあ、僕は先に出るよ。遅くなりそうだったら電話して」

彼はそう告げ、行ってしまった。

万里緒はそんな彼を見送り、ため息をつく。

「怒ってはいないようだけど……でも昨日のあれは失礼だったよね……」

千歳に会いに東京へ来たのに、疲れているからさっさと帰る、なんて言ってしまったのだ。言葉一つ満足に扱えないドジな万里緒なのに、千歳はいつも笑って許してくれる。

「どうしてそんなに優しいの。もっと怒ってもいいはずなのに」

万里緒は独り言を口にした。

「でも、そんな星奈先生だからこそ好き。とくにあの笑顔、堪らんよね」

一人顔を赤くして、ふと時計を見る。

「やっばい！」

万里緒は急いで身支度をして、猛ダッシュで外へ飛び出した。

＊　＊　＊

ホテル内の美容院で、髪のそう長くない万里緒がアップヘアに変身した。付け毛を用いたのだが、ごく自然で上品で素敵な感じに仕上がった。万里緒の希望通りの出来栄えだ。万里緒が選んであった衣裳は、純白のシンプルなドレス。それに合わせて、髪飾りもシンプルにリボンとボンネを着けるだけにした。

もう一着のお色直しのドレスはミントグリーンのカラーで、うしろ姿が印象的なデザインになっている。

今日はメイクの予行演習も行うことになっていて、プロのメイクアーティストが、華やかだが派手すぎない感じに仕上げてくれた。

かかった時間は二時間半ほどだった。万里緒は美容やファッションにさほどこだわりがないし、飛行機の時間も迫っているので、すべてをさっと決めた。

そして家に帰ると、千歳が万里緒のために卵粥を作って待っていてくれた。薄味で胃に優しく、味もとてもよかった。

食べ終わると、午後三時近かった。

「もう少ししたら出ようか。飛行機に間に合わなくなるといけない」

「あ、そうですね。でもほんと、慌ただしいですね」

万里緒が言うと、千歳もうなずき、窓の外を見た。

「雨が降りそうだ」

そうして家を出る頃には、本当に雨が降ってきた。

＊＊＊

空港に着く頃には雨は大降りになっていた。

「すごい雨だね。早めに出てきてよかった」

空港の駐車場で千歳がシートベルトを外しながら、そう言った。

万里緒はすぐに車を降りず、千歳の横顔をじっと見つめる。

その視線に気づいて、千歳も万里緒を見た。

「あの、昨日は、色々とごめんなさい。私は飲み過ぎたし、清乃もあんなこと言って……」

「いいよ」

千歳は、いつもの輝くような笑みを向けてくれた。

「怒らない、んですか？」

「怒るようなことなんか、なかったでしょ？」

「私、さっさと帰るとか……そういうこと言ったし。それに、清乃が言ったことも……」

「なんとも思ってないよ。仁科先生はきっと、万里緒を心配してるだけ」

「そう、ですかね……」

「仁科先生の言い方はストレートだったけど、きっとそれが本心なのだから仕方ない」

千歳は万里緒の頭を撫でて言った。

「仁科先生は万里緒のことが心配なんだよ。だから僕に対する言い方もきつくなってしまった。いい友達だね。大切にしないと」

「……星奈先生は大人ですね。普通、あんなこと言われたら怒りますよ」

「僕は、人の話を聞いているようで聞いていないような、いい加減なところもある。だから、人に何か言われても、いちいち気にしないし、今回のことも別に何とも思ってないよ」

本当にそうだろうか。千歳は人の話をよく聞く人だと万里緒は思っている。清乃の言い方がストレートだとか、万里緒の心配をしているだけだとか、そういう心の機微を千歳は敏感に感じとっているのだから、いい加減なんかではないと思う。

それでもあえて「いい加減」と言ったのは、万里緒や清乃を傷つけないための配慮かもしれない。どこまでも優しくて穏やかな、イケメンの千歳。こんなに素敵な人が万里緒の夫になってくれたなんて、いまだに信じられない。

「星奈先生、大好きです。なのに私、いつも失言ばっかりで、ごめんなさい」

万里緒がぺこりと頭を下げると、千歳は目を瞬かせた。それから一呼吸置き、笑みを浮かべながら軽く首を横に振る。

そのあと、万里緒の身体を少しだけ引き寄せて、唇を近づけてきた。

万里緒は目を閉じ、期待通りの柔らかなキスを受け止める。

滑らかな舌を感じて、万里緒はそっと唇を開いた。ゆっくりと唇の内側に、舌が入ってくる。万里緒の背に回した手の力が強くなる。

「ん……っふ」

思わず甘い声が出てしまう。

しばらくキスを続けたあと、余韻を楽しむかのように、ゆっくりと唇が離れる。唾液がツーッと細い糸を引く。

そのあとまたすぐ、唇を啄むようなキスを繰り返す。

顎を持ち上げられて、首の中心や横、頬、耳のうしろにもキスの雨が降り注ぐ。それから最後にもう一度、唇にチュッという軽い音を立てたキスをして、今度こそ本当に唇が離れた。

「昨日、本当は君を抱きたかった」

ため息まじりに耳元で言われ、万里緒は胸がきゅんとした。だからつい千歳にしがみつきたくなって、大きな背に手を回す。そして小声で言った。

「し、します？」

「……え？」

「誰も、いませんし……」

だが千歳は無言だった。万里緒は、またしくじった、と自分に腹が立った。人目のない立体駐車場、さらに車の中とはいえ、こんな場所でするのは、やはりＮＧだろう。

「や、あの、やっぱりダメですね。あは、なんか、すみません。変なこと言って」

「今、何時だっけ？」

「十六時です」

飛行機の出発時刻は十八時五十分。それまであと、二時間五十分ある。

「ホテル、行こうか」

「へっ？」

千歳がドアを開けて車を降りたので、万里緒もあとに続いた。千歳は万里緒のスーツケースを持って、先を歩く。

屋外は、傘をさしても濡れるほど、雨足が強かった。万里緒の履いているパンプスもびしょ濡れだ。

そしてしばらく歩いた末に着いた先は、空港ターミナル付近にあるホテルだった。

千歳はホテルに足を踏み入れると、フロントでさっとチェックインを済ませ、部屋のキーを受け取った。

万里緒は千歳に手を引かれ、エレベーターに乗る。

目的階に着き、キーでドアを開けると、千歳は万里緒のスーツケースを置いた。

「濡れましたね。パンプス、すっごくビチョビチョです」

「じゃあ、脱いで。早く」

千歳もぐしょ濡れになったシャツを脱ぎ、上半身を露わにした。いつ見ても、しっかりした身体つき。腹筋も綺麗についていて、万里緒はごくりと喉を鳴らして唾を呑み込んだ。

千歳は万里緒の側に来て、身体を引き寄せた。

抱きしめられて、深いキスをする。舌を絡めるたびに、チュプ、チュピ、という淫靡な音が室内に響く。

千歳はキスをしながら万里緒の上着を脱がせ、キャミソールの下に手を入れてくる。両手で下着のホックを外しながらベッドへ誘導し、軽く身体を押した。万里緒はベッドの縁に座る形になる。

高低差ができたことで唇が離れてしまって彼を見上げると、千歳は万里緒の足の間、ベッドの上に片膝をつき、万里緒の目の前でカーゴパンツのベルトを外した。さらにはチャックも下げて、前をずらす。

万里緒は躊躇(ためら)いもなくそこへ唇を近づけた。すると、千歳の腹筋が締まる。

万里緒は千歳が息を詰めたのを感じた。千歳が感じているのだとわかって嬉しかった。

千歳が、時と場合により好きだと言った行為。今がその時と場合に合致しているのかどうか定かではないけれど、千歳は万里緒の唇に反応している。

万里緒の肩や首筋を撫(な)でる千歳の手の動きから、嫌だと感じているわけではないことは、はっきりわかる。

万里緒は千歳の臀部(でんぶ)に手を回し、身体を引き寄せた。千歳は余裕にも微(かす)かに笑って、万里緒の頭を撫でた。

先の方を吸って、顔を上げ、千歳と視線を合わせる。万里緒は、千歳に言った。

「余裕ですか？　よくないですか？」

「すごくいいよ。ただ、尻を撫でられるのは初めてだから戸惑ってる」

「私も撫でたことないですよ。でも私、星奈先生の身体が好きなので、したくなって」

もう一度、先端を口に含む。千歳はため息を出し、それからまた微かに笑った。やっぱり余裕だ、と万里緒は思う。

「君が咥えている、それも好き？」

「星奈先生のだから、愛したいです」

顎を上に向けられ、キスをしたまま、ベッドに押し倒される。

足はベッドの下に投げ出した状態で、片足だけショーツを引き下げられた。そして千歳は万里緒の敏感な部分に直に触れる。

「んうっ……！」

触れられたところが、堪らなく熱い。

足を大きく割り広げられ、千歳が万里緒の身体をずり上げる。

万里緒は次にされることを待った。

「このまま、いい？」

意味がわからなかった。

「ゴム、ないけど」

苦笑する千歳の顔が色っぽい。

できれば避妊したほうがいいと思うけれど、今はもう、そんなこと別にどうでもよかった。

「千歳、入れて」

ささやくと、千歳は万里緒を見て笑った。そのまま腰を進めて、万里緒の内側に千歳が入ってくる。

性急にことを始めたため、万里緒の身体は、まだ十分に潤ってはいなかった。ほんの少しだけ、スムーズではない。

それに気づいた千歳が、いったん彼自身を引き抜き、ぬるぬると擦りつけてくる。

その官能的な動きに、万里緒の中心はすぐに潤み始めた。

千歳はそれを確認してから、もう一度ぐっと深くまで押し込む。

「も……あんまり時間ないから……早く、しなきゃ。イケそうですか……？」

「さぁ、どうかな？」

意地悪な笑みを浮かべた千歳は、いつもと同じようにゆっくりと、万里緒の官能を引き出すように腰を揺すり始めた。

「でも、だって……飛行機が……っぁ」

千歳は先ほどよりもさらに動きを緩め、ぐるりぐるりと腰を回してくる。

その度に、クチュリクチュリと繋がった場所から音が響く。その焦らすような仕草と音に、万里緒はよすぎて意識が飛びそうになる。

「早くイけって、言うから、ちょっと意地悪したくなった」

「だ……って」

正直、早くイッて、というのは失礼なことだとわかっているけれど、飛行機に間に合わない。

「おねが……っ……千歳」

「わかった。すぐ、イくよ」

千歳はにこりと余裕のある笑いを零し、腰の動きを少しずつ速めた。

パチュパチュと音を立てて、千歳は身体を打ちつける。

千歳の動きは万里緒を絶妙によくする。気持ちよすぎてどうにかなってしまいそうだと、怖くなることさえある。

万里緒は千歳の腰の動きに追い詰められて、背を反らした。

千歳も直後、動きを止め、微かに呻く。

万里緒は、千歳のすべてを身体の中に受け入れた。

しばらく二人して仰向けに寝そべっていたら、千歳が万里緒の大腿を撫でてきた。

その手の動きが官能的で、万里緒はふたたび甘く切ない声を漏らしてしまった。

千歳は、近くにあったティッシュで万里緒の足の間を拭いてくれる。

「シャワー、浴びるなら、早くしないと」

「も、いい」

仰向けになったまま万里緒が答えると、千歳は首筋を撫でながらキスをする。

「星奈先生、泊まっていくの？」

「泊まっていくよ。せっかくだし。それより、避妊しなくてごめん」

万里緒は首を振って起き上がった。

時計を見ると、搭乗時間が迫っている。

「行かないと！」

万里緒は急いでショーツを穿いた。千歳も起き上がって、服を直す。それを見ていると万里緒はまた胸がドキドキして身体が熱くなってしまうので、なるべく見ないようにする。

「星奈先生、ここでいいです。ここで見送ってください！」

「いや、搭乗ゲートまで見送るよ」

「いや！　ここで！」

「どうして？」

「また、エッチなことしたくなったら大変だからです。ダメです！」

「は？」

千歳は首を傾げ、眉を寄せて考え込んでいる。

また誤解させてしまった。まったく万里緒は馬鹿である。

「いや！　私です！　私がしたくなりそうなんです。だから、このまま行かせてください！」

千歳のすべてを受け止めた余韻が、万里緒の中に残っている。ティッシュで拭いて後始末をしてもらったが、まだ中に千歳がいるような感じが続いている。

「すごく、よかったです。あの、ですので！」

じゃあ、とスーツケースを引っ張って歩き出すと、千歳にうしろから抱きしめられた。

「じゃあ、ここで。僕もよかったですよ、奥さん」

千歳は不意打ちで濃厚なキスをし、万里緒の頭を撫でた。

「結婚式、楽しみにしてる」

「はっ、はい！」

万里緒はうしろを振り向かずに走った。

なんとか飛行機には間に合ったのだが、荷物を預ける時間はなかった。

幸い、小型のスーツケースだったので、機内に持ち込み、座席の上の棚に収納した。

席に座って一息ついたところで、避妊しなかったことが改めて思い出された。

「生理が終わったばっかりだから、危険日ではないし……」

たぶん大丈夫だ、と思う一方、万里緒も医者の一人として冷静に頭を働かせた。生理直後ではあっても、妊娠する可能性はゼロではないのだ。体調全般について慎重に観察しよう、と判断した。

ただ、避妊せずに抱き合ったことで充実感があり、心も身体も熱く燃え上がったことは素直に喜びたかった。

こんなにも誰かを好きになるのは、千歳のほかに考えられない。

14

結婚式のために、十一日間の休みをもらえた。これはかなりラッキーなことだ。万里緒は式の前々日の早朝、東京行きの飛行機に乗ることができた。

その日、千歳は日勤だった。万里緒はまず実家で荷物を解き、両親と共に過ごしたが、夕方になると、千歳のいる病院へ向かった。いきなり顔を見せたら、きっと千歳は驚くだろうなと、万里緒はちょっと楽しみにしていた。

東京の病院は万里緒にとって、つい先日までいた懐かしい職場でもある。

さっそく、元同僚の先輩医師に声をかけられた。

「おー藤崎、じゃなくてもう星奈か！　いよいよ明後日（あさって）は結婚式だな。ちょうどいい夕イミングだから、このあと飲みに行こう！」

「え……？」

万里緒は顔が引きつった。元同僚と飲むためにここへ来たわけじゃないのだ。

「いや、あの、式に備えてやらなければいけないことがあるので、勘弁ですよ」

彼は、あはは、と豪快に笑う。

「なに言ってんだ！　今日は前祝いだ。もちろん奢ってやる。星奈には俺から言っておくし、大丈夫、ちゃんと家に帰してやるさ」

ちゃんと家に帰してやるってどういうことだ？　と万里緒は頭を抱えた。

だが、彼が「先輩に楯つく気か？」と言いたげに万里緒をじっと見るので、逆らうわけにはいかなかった。

千歳には、まだ電話さえしていない。ここに来ることを内緒にしていたのは、働く千歳の姿を遠くから見たかったからだ。

なのに、真っ先に千歳を訪ねず、内科病棟に顔を出したのが間違いだった。

こうなったらもう仕方ない、と万里緒は腹をくくり、先輩に従うことにした。

でもその前に、と医局のみんなに挨拶をしに行くと、まるで待ち構えていたように質問攻めにされた。

星奈千歳と見合いで知り合ったことは聞いているが、一体どうやって彼を落としたのか。

実際に彼と付き合ってみると、どんな感じなのか。

彼は万里緒のどこを気に入っているのか。

挙式前に入籍したらしいが、できちゃった婚なのか。

他にも色々と聞かれたが、そのほとんどはセクハラっぽい内容だった。

内科の医局でも、星奈のことは有名なのだ。腕の立つ外科医で、その仕事ぶりは抜きんでていると、もっぱらの評判らしい。その上イケメンで女性にモテ、なのに三十六歳まで独身を通したのは、理想が高いからだと、誰もが思っているようだ。

実際、千歳は誰もが認める優秀な外科医であり、臓器移植手術について勉強するためにアメリカ留学もこなし、その後は大学附属病院に勤務しながら、海外支援チームに参加したという輝かしい経歴を持つ。

歳に見合った落ち着きと風格がある一方、実年齢よりもぐっと若々しく、エネルギッシュであるということも、周知の事実だった。

ただ、三十六歳まで独身を通したのは理想が高いからだというのは、本当にその通りなのか、万里緒にもわからない。なぜなら、千歳が選んだ女性は、さほど美人でもなく、セクシーでもなく、ドジで失言ばかりしている自分だったからだ。

「星奈ってほんとすごいよな。医局長候補で、なおかつ部長候補だってこと、お前も知っているだろ？」

先輩医師に言われたが、万里緒は千歳からそんな話を聞かされたことはない。医局の噂として、なんとなく耳にしたことがあるだけだ。

だが、先輩があまりに千歳を誉めるので、医局長に推される日もそう遠くないのでは、と思えてきた。

病院近くの居酒屋に席を移してからも、彼は千歳のことばかり話題にした。

「あいつは俺が消化器内科三年目のときに研修医としてやって来てさ、俺が指導医になったんだけど、どんな質問をしてもすべて正確に答えるから、気に食わなかったなぁ。できすぎた人間っていうのは、案外、人の神経を逆撫でするものだぞ」

などと嫌味なことを言って、万里緒を困らせたりもする。

万里緒は先輩に勧められるままに酒を呑み続け、すでにグダグダの状態になっていた。

「も、飲めませ……っ」

「飲めよ！　奢りだぞぉ」

と彼は無理強いする。

完璧にアルコールハラスメントだ。

万里緒はこれが最後、と一口飲んだ。

それから先の記憶はまったくない——

＊＊＊

「おはよう、二日酔いさん」

冷たいペットボトルの底で軽くゴン、と額を叩かれた。

この台詞を聞くのは、先週に引き続き、二度目である。

「ほし、な先生、ごめなさ……」

身体を起こそうとしたが、千歳に腕を掴まれ、抑え込まれた。

ナニ？　と思って腕を見ると、点滴の注射針が刺さっている。そして万里緒の頭上には、もう間もなく終わろうとしている点滴袋が、電気スタンドに引っかけられてぶら下がっていた。

万里緒は自分の失態に気づき、またやっちゃった、とうなだれた。

「昨夜、万里緒が酔い潰れて動けなくなったと、先輩から電話をもらった。急いで駆けつけたら、急性アルコール中毒の一歩手前だった。病院で処方をして、それから家に連れ帰って、点滴。これは最終の二本目だよ。そのままじっと動かずにいて、抜針するから」

何という失態。というか、途中で抜けようと思ったのだが、先輩のほかにも酒に強い医師たちが続々と集まってきて、無茶をしてしまった。それにしても、前後不覚になるほど酔うとは思ってもみなかった。

点滴針を刺された記憶はまったくない。それどころか、病院に運び込まれたことも、千歳が家まで連れ帰ってくれたことも、何も覚えていない。

それに、二本も点滴を入れたなら、絶対に何度かトイレに行ったはずだが、その記憶がないのは何故だろう。

千歳は、万里緒の腕に貼られたテープをはがし、アルコール綿で押さえながら、注射針を抜いた。さすが腕のいい医者だけあって、手際のよさは惚れ惚れするほどだ。万里緒も現役の医師であるが、患者にチクリとも痛みを感じさせずに抜針する自信はなかった。

――だが、それよりも今はトイレを我慢できない。万里緒はガバッと起き上がり、ふらつく足取りでトイレへ直行した。

用を足したあとはすっきりしたが、全身に倦怠感があり、胃がむかついて気持ち悪い。でもこの程度で済んでいるのは点滴のおかげだろうと思いつつ、万里緒はトイレのドアの前で座り込んでしまった。

様子を見に来た千歳はため息をつき、万里緒を抱き上げた。

「や、ちょっと、大丈夫です」

「大丈夫な人はちゃんと歩ける。昨日も、夜中に一度起きてトイレに行ったけど、フラフラだった」

やはり一度はトイレに行ったらしい。それも、千歳に迷惑をかけながら。

ふたたびベッドに寝かされ、さっきと同じく、ペットボトルで軽くゴン、と額を叩かれた。

「水、飲んで」

ペットボトルを差し出す千歳の顔は無表情だった。

怒ってる。そりゃ怒りたくもなるよね、と思うと、万里緒は本当に泣きたい気分だった。というか、先輩の誘いをきっぱり断ればよかったと、悔やんでも悔やみきれない。そうしていれば、千歳に介抱されることもなく、こんな無表情で見下ろされることもなかったはず。

「昨夜、周りの先生方が謝ってた。でも、万里緒も悪い。明らかに呑み過ぎでしょ。結婚式の前にエステをするんじゃなかった？　確か今日の午後、予約を入れていたと記憶してるけど？」

そういえばそうだった、と万里緒も思い出した。面目なくて、千歳の顔をまともに見られない。

万里緒の目に涙が浮かぶ。

結婚式は目前だというのに、こんな失態、あり得ないだろう。

「すみません」

「はい、わかりました」

「ごめんなさい」

「……もう少し、自分の限度を弁えるべきだ。それで、エステは行くの？　予約は何時？」

「十三時、四十分……」

「だったら、あと一時間休んで。送って行くから」

「ごめんなさい、本当に……」

「わかりました」

千歳はため息まじりにそう言って、寝室から出て行った。

そのうしろ姿を、万里緒は涙目で見送った。

＊＊＊

一時間後、万里緒は体調もだいぶ回復し、明日の結婚式のためにホテルでエステを受けようという気力もよみがえった。

千歳はほとんど無言のまま、ホテルまで車で送ってくれた。

その途中、万里緒は千歳に誓いを立てた。

「もう、お酒は飲みません」と。

千歳は軽く笑って、「どうだかね」と返しただけだった。

その後、たっぷり二時間半かけてエステを受けた。

帰りも迎えに来ると約束した通り、千歳が駐車場で待っていてくれたが、相変わらず無言のままだった。

万里緒は針のムシロに座らされているような、最悪の心地だった。

「星奈先生、まだ怒ってますか？」

万里緒はシュンとしながら尋ねる。

「怒ってないよ。それより、食事は？　お腹空いたでしょ、さすがに」

「……はい」

「ご飯作っておいたよ。温かいうどんと、おにぎりだけど」

「……すみません」

消化がよくて胃に優しいメニューを考えて作ってくれたのだろう。この前は卵粥で、今度は温かいうどんとおにぎり。

千歳の手料理はおいしい。万里緒よりもずっと料理上手だ。

「星奈先生は、ほかに何か食べたいもの、ありませんか？　もしよければ私が……」

「別にないよ」

淡々とした口調で冷たく言われたような気がした。万里緒は顔をうつむけ、今にも泣きだしそうになる。

「明日の結婚式、していいですか？」

涙声になってしまう。

だって、結婚式前に泥酔して帰ってくる嫁がいるか？　しかも、失態をおかしたという記憶がまったくなくて、夜中にトイレの世話までさせてしまったなんて、もう救いようがない。

「結婚、したくないの？」

「いえ……星奈先生が、星奈先生みたいな人が私のような不束な女と……結婚はもうしちゃいましたけど、式まで挙げていいのかと。もう、なんか、私ったら悪いところしか見せてないと思うし……こんな自爆ネタが多い女、付き合ったことないですよね？」

千歳は一瞬考える素振りを見せ、大きくうなずきながら答えた。

「……そうだね。付き合ったことはない」

「あ……サラッと言った……」

「だって事実だから」

「そうですよね。私みたいに不器用で失敗ばかりしている女は、星奈先生にふさわしくないですよね」

万里緒は手で顔を覆って泣いた。

どうしてこんなことになっちゃったんだろうと、涙があとからあとから溢れ出る。

そうしているうちに千歳のマンションに着いた。

万里緒がシクシク泣き続けているので、千歳は深いため息をついた。

ああ、ため息ですか……そうですか、ため息でございますね。

万里緒は心の中でそう言って、バッグからハンカチを取り出した。

「あの、明日、大丈夫です」

「なにが？」

「結婚式、大丈夫ですから」

「何が大丈夫？」

「来なくてもいいです……色々と申し訳ありませんでした」

「あのね、万里緒……いつ僕が結婚式をしたくないって言った？」

「星奈先生の態度が……」

「そりゃ、悪かったね。でも、結婚式はするよ。それに、君はもう星奈万里緒でしょ」

そう言って千歳は、万里緒の手からハンカチを奪い、涙に濡れる頬を拭いた。

それでようやく、万里緒も泣くのをやめた。

「お腹空いてるでしょ？　空腹だから、そんな変な考えが浮かぶんだよ」

とにかく家に入るよう促されて、万里緒は車を降りた。そしていつものように千歳に手を引かれ、エレベーターに乗る。

部屋に入ると、リビングのソファに座らされた。千歳はキッチンに消え、熱々のうどんと海苔を巻いたおにぎりを運んでくれる。箸もきちんと揃えて用意してくれた。

「僕の母は西日本の出身だから、星奈家では白出汁のうどんなんだ。食べてみて。美味しいよ」

言われて見ると、うどんのおつゆは透き通っていた。お醤油で黒っぽくなったおつゆしか知らなかった万里緒は、初めて見る白出汁つゆに興味をそそられた。

昨夜は悪酔いしてしまって、点滴以外に栄養を摂っていない。朝も昼も食事ができず、しかもさんざん泣いたあとだったので、現金なものだが、身体は猛烈な空腹を訴えていた。

おつゆを一口飲んでみると、香り高くて、上品な味がした。薄味で、どちらかというと甘い感じ。出汁がきいているので、とても美味しい。

万里緒は夢中になって食べ、三つあったおにぎりもすっかり平らげた。

「ごちそうさまでした。美味しかったです」

「お腹いっぱいになった？」

「はい、すごく美味しかった」

千歳は食後のお茶まで淹れてくれた。そうして万里緒をまじまじと見つめ、いつもと同じ柔和な笑顔になった。

「さっきまで泣いてたくせに、お腹いっぱいになると幸せそうだ。これなら大丈夫かな。結婚式、ちゃんとするね？」

「……すみません、ちゃんとします」

千歳は、やれやれ、と言いたげな笑みを浮かべた。

「星奈先生って、本当に優しいですよね。……みんなにそうしてました……？」

万里緒は思いきって聞いてみた。

「みんなって？」

「星奈先生のイイ子たちのこと」

言ってしまってから、万里緒は後悔した。余計なことだった。

「ごめんなさい。私、変なところで気が強いし、余計なことは言ってしまうし、酒呑みだし。こんな面倒な女はいないって、先生も思っているんじゃないですか。私、結婚して夫婦になったのだから、たまには面倒な部分を見せてもいいのかなって思うこともありますけど、限度ってものがありますよね……こんなに面倒な私と、明日、誓詞奏上なんかやっちゃうわけです。本当に大丈夫でしょうか」

万里緒は真剣に言ったのだが、千歳は笑いながら話を蒸し返した。

「僕のイイ子たちって……どんなだったかな」

と考え込むような素振りだ。

思い出すのにそんなに時間がかかるほど、大勢と付き合ったのかよ、と万里緒は内心穏やかでいられない。

「よく思い出せないけど、少なくとも、万里緒みたいじゃなかったことは確かだね」

「ですよね。たまに私、変って言われます」

男と付き合うたび、「お前、女のくせに変だ」と言われ続けてきたのだ。

「たとえ変でも、僕は万里緒のこと、可愛いと思う」

「え？　ほ、本当ですか？」

万里緒は一瞬、千歳の言ったことが信じられなかった。でも千歳の声には誠意が滲み出ていた。それに、万里緒の大好きな、いつもの笑顔がそこにあった。

「星奈先生は、私が多少変でも、可愛いと思ってくれるから、だから私が何をしても笑って許してくれるんですか？」

「ま、最初はちょっと戸惑ったりもしたけどね。昨夜みたいに酔い潰れるまで呑んだりされると、何故こんなに心配かけるんだろうと、腹が立つこともある。だけど結局、これはもう許すしかないなという気にさせるようなことを君が言うから」

「私が？」

「そう、万里緒がだよ」

「なんて言ってます？」

「昨夜は、ずっと千歳、千歳って僕の名を呼んでいたよ」

万里緒は顔が熱くなる。まったく覚えていない……

「あとそれから、点滴するときは、痛くしないで、って何度も言っていた。そうやって騒いだくせに、いつの間にか寝てるしね。そういう無邪気で可愛いところを見せられると、僕はつい許してしまう。今までのイイ子たちは、万里緒みたいに面白くなかったし、一緒にいても楽しくなかった。それに、結婚しようと思ったことは一度もなかったよ」

こんなこと言われるなんて、万里緒の予想をはるかに超えていた。

「だけど朝起きたら、いつも通り、君は僕のことを星奈先生って呼ぶ。普段から千歳って呼べるようになる日はいつ来るんだろう」

万里緒だって、酔った勢いなんかじゃなく、素面で「千歳」と呼べるようになりたいと思ってはいるのだ。だけどこうも失敗続きだと、気が退けて、自分に自信を持てなくて……

「好きだよ、万里緒。改めて言うと、照れるけど」

「わ、私！　私も好きです」

「誰のことが好きなの？」

「ち、千歳、さんが、好きです」

気持ちを言葉で伝え合ったことで、万里緒は気持ちが急に楽になった。

そんな万里緒を冷やかすように、千歳が言う。

「今日のエステ、出来はどうかな？　僕が見て確かめてさしあげましょうか」

「へっ？」

「全身エステでしょ？」

千歳はよくこうやって、万里緒をセックスに誘う。遠回しに、でもドキドキするやり方で。

「わりといい感じに仕上がったと思いますが、その前に、お風呂、お風呂に入ります」

「じゃあ、一緒に入ろうか？」

千歳がにこ、と笑って、とんでもないことを言うので、万里緒の頭は爆発しそうだった。

「嘘だよ。僕が先でいい？」

「はは、はい、どうぞ」

「じゃあ、お先に」

そして千歳は、すれ違いざま万里緒の頭を撫でて行った。

千歳は今日、万里緒を帰さないつもりらしい。

結婚式の前夜なのだから、万里緒は実家に帰るつもりでいたし、千歳にもそう伝えておいた。だが、結婚前夜だからこそ、千歳は万里緒を側に置いておきたいようだ。

万里緒も次第に、無理に帰らなくてもいいか、という気になってきた。父と母に申し訳ないことだが、お願い、許して、と言うほかない。

実家に電話をし、千歳の家に泊まると言うと、もちろん母は少し怒ったが、もう結婚しているのだから、と結局は許してくれた。

千歳が風呂から上がり、次は万里緒の番だった。隅々まで身体を洗って磨き上げ、髪にはドライヤーを当て、ふんわりと乾かした。

どうせすぐまた裸になるのだから、バスタオル一枚でいいだろうと思い、半裸のまま寝室へ行くと、千歳は明かりを落とし、ベッドに腰掛けて待っていた。

万里緒が近づいていくと、腰から抱き寄せられる。

千歳は、タオル一枚の万里緒をじっと見つめ、セクシーな笑みを浮かべたあと、一瞬の躊躇(ためら)いもなく、タオルを取り去った。

「実家に帰れなかったね」

「はい」

「その意味を、僕はちゃんと受け止めてるから」

「はい」

「大事にするからね、万里緒」

そう言われて、万里緒はものすごく嬉しかった。

だから千歳の頭を抱き寄せた。

互いにスイッチが入って、強く抱きしめ合う。

万里緒は背中を撫(な)でられ、めちゃくちゃ緊張した。千歳のもう片方の手は、万里緒の胸の谷間を這(は)っている。

千歳はそれからゆっくりと、手を腰のあたりに落としていった。

結婚式は明日午前十一時スタートの予定で、その前に新郎新婦は色々と準備があるので、早起きをしてホテルへ向かわなければならない。

でも、明日のことなど気にしていられない。

今はただ、二人の愛を確かめ合いたい。

この熱い時間が刻一刻と過ぎ去ってしまうのが惜(お)しかった。

だから万里緒は何度も千歳の名を呼び、千歳を求めた。

15

結婚式当日だというのに、万里緒は朝からまったりしていた。

思いのほか早く目が覚めたので、時間に余裕がある。万里緒はボーッと窓の外を眺めたり隣に寝ている千歳を見ているうちに、目がまたトロンとしてきた。昨晩は何度となく愛し合ったので、その疲れがまだ抜けきらないのだ。

万里緒はふたたび眠ってしまったが、「そろそろ起きよう?」と千歳に揺り動かされ、今度こそシャキッと目を覚ました。

ああよく寝た、と伸びをすると、隣で千歳がクスリと笑った。

「早く着替えないと間に合わないよ、万里緒」

「ですね」

ベッドを下りて立ち上がったところで、万里緒は千歳の腕に包まれ、きつく抱きしめられた。

「明日から新婚旅行で沖縄だから、今夜は早く寝ないとね」

「はい。それじゃ私、着替えますね」

万里緒はスーツケースを開く。

結婚式当日、そして新婚旅行のための服を詰め込むために、大型のスーツケースを持参していたのだ。

手早く着替えを済ませ、車でホテルへ向かった。

万里緒はホテルの式場で両親と落ち合ったが、父も母も昨夜のことは何も言わなかった。万里緒もとくに言い訳などしなかったが、千歳は頭を下げ、万里緒の両親に謝っていた。

もうすぐ結婚式が始まる。

万里緒は花嫁支度をするために、「あとでまたね」と千歳に手を振りながら専用ドレッシングルームに入った。

＊＊＊

花嫁衣裳の着付けが進行していく。

披露宴ではドレスを着るが、挙式には和装で臨むことになっているのだ。

万里緒は身体のあちこちを紐で締め付けられ、胸元やウエスト部分に詰め物をされた。白無垢はずっしりと重量があり、立っているだけでも大変。そこへ帯をキュッと締められると、これがまた苦しかった。

日本髪のカツラと角隠しは、思ったほど重くなかったので、万里緒はほっとした。

着付けが終わり、やはり和の紋付き袴姿に変身した千歳と顔を合わせた。いい男は何を着ても似合うが、着物もよく似合っていた。よりいっそうきりっとした感じになり、思わず見惚れるほどカッコよかった。

千歳があまりに素敵なので、万里緒は余計に緊張してしまう。

本当にこの人と結婚式をするのだと思うと、手に汗が滲んでくる。

挙式はホテル内の神殿で執り行われることになっていた。

まずは、神職主導によるお祓いの儀だ。

参列者一同はお祓いをしてもらって身を浄めたのち、新郎新婦を先頭に、続いて、媒酌人である万里緒の叔母夫婦、そして千歳の両親、万里緒の両親という順で神殿に入る。

そして神職による誓詞奏上があり、三献の儀へと、式次第は進行していく。

三献の儀では、神前で新郎新婦が三三九度を酌み交わす。新郎の千歳が盃を受け取り、御神酒を三口ちょうどで飲み干した。新婦万里緒も同じようにした。

万里緒は緊張して手が震え、最後の一番大きな盃を受け取るときに、ついに手が滑ってしまった。

「あ……っ」

落とした……

こういう場合どうすればいいんだ、と万里緒はパニック寸前。傍らに控えていた巫女さんもオロオロしている。

すると、千歳が落ち着き払った動作で盃を拾い上げ、巫女に手渡した。巫女は新しい盃を用意して御神酒を注ぎ、万里緒の手に持たせた。

万里緒は、三口にわけながら、ぐぐーっと御神酒を飲み干した。大きな盃だったので、わりと飲みがいがあった。身体の芯から熱くなり、それでようやく万里緒も落ち着きを取り戻した。

隣にいる千歳を横目で窺うと、肩を震わせて笑いをこらえているではないか。万里緒も思わず噴き出しそうになったが、神聖な神殿で笑い出すなんて、不謹慎なことはできない。万里緒はお腹にぐっと力を込め、なんとか神妙な顔を保った。

しかし、神前の新郎新婦を見守っていた親族の席から、忍び笑いが聞こえてきた。万里緒の弟の声のようだった。

まったく冷や汗ものの三献の儀だったが、続いて行われる指輪交換の儀だけは絶対に失敗したくない、と万里緒は気を引き締め直した。

指輪はもちろん、千歳がちゃんと用意してあった。万里緒も一緒に指輪を選びに行きたかったが、多忙のため、千歳に一任したのだ。千歳も忙しい身であるのに、わざわざ時間を割いて何度も宝飾店へ足を運んでくれたことが、万里緒はとてもありがたかった。

万里緒は、あえて事前に指輪を見ないようにしていた。挙式で初めて指輪を目にし、それを千歳の手で薬指に嵌めてもらいたかった。その喜びの瞬間は一生に一度きりのものだから、当日まで大事にとっておきたかったのだ。

千歳はいつものリラックスした笑顔で万里緒の薬指に指輪を嵌めた。サイズはピッタリ合っていたので、スルリと入った。こうして、難なく万里緒の指輪を着け終えたのだが――

続いて万里緒が千歳の指輪を着けるとき、関節で引っ掛かった。万里緒がギュッと押しても入らなかったので、千歳は自ら関節を少し曲げ、不器用な万里緒の手助けをしてくれた。今度はスルッと嵌めることができ、万里緒は心底ホッとした。

しかし千歳はまた笑いを噛み殺している。

もう、結婚式はギャグじゃないのに！

そのあとは新郎新婦による誓詞奏上となり、まずは新郎の千歳が結婚の誓いの言葉を発したのだが、万里緒は緊張のあまり、かえって集中力をなくし、自分の番になっても一拍出遅れてしまった。

「夫、星奈千歳」

それを聞いてハッとした。

「つっ、妻、妻、万里緒」

千歳がちらりと万里緒を見て笑う。

それで万里緒は完全に冷静さを失った。そこから先は何がなんだか、まったく覚えていないが、気づいたときには終わっていたので、たぶん、千歳が上手くやってくれたのだと思う。

ともかく誓詞奏上もなんとか無事に終えると、新郎新婦は巫女から榊の枝を渡された。

この榊（さかき）の枝を、巫女（みこ）の導きにしたがって回したのち、神前に納める。これを玉串奉奠（たまぐしほうてん）というらしい。

万里緒は舞い上がって訳がわからなくなっていたが、もう見よう見真似でやるしかない、と覚悟を決めた。

内心とても焦（あせ）っていることは、誰が見てもバレバレだった。

親族一同、固唾（かたず）を呑んで万里緒の一挙一動を見守る。

大きな失敗もなく、かろうじて玉串奉奠をやり遂げたときは、しんと静まりかえった式場内に安堵のため息が流れた。

神殿を退場すると、千歳が声を出して笑った。

「万里緒、ウケる。普通、盃（さかずき）落とす？」

「だって、緊張したんですよ……」

「妻、万里緒、って言うだけなのに、言葉に詰まるし」

「三三九度の失敗があとを引いたんですよ……」

「指輪も、ちょっと痛かったよ」

「すんなり入ると思ったんですけど……」

万里緒は目を閉じ、眉根を寄せた。

もう、本当にハプニングだらけで、全身に汗が浮きまくっている。

頭には日本髪のカツラ、角隠し、綿帽子と色々被っているから、頭皮も汗でぐっしょりだ。

「万里緒！　あなた何やってんのよ！」

「まったくもう、盃を落とすなんて！」

母と叔母が一緒になって万里緒を責める。

「でも、万里緒らしくていいです。ですからお母様も叔母様も、そう責めずに」

千歳が万里緒をかばい、笑いながら許しを請うていた。

そして千歳の手が万里緒に添えられる。

「次は記念撮影ですよね？」

そう言うと、母も叔母も引き下がって、写真スタジオへと移動する。

「ごめんなさい、星奈先生……」

「わかってます」

にこりと笑って、行こう、と言った。

そうして、新郎新婦、親族揃っての記念撮影に臨んだ。

こういう写真を撮るのは、万里緒にとって、もちろん初めての経験だ。

両親、弟、そして叔母夫婦や親戚のみんなの嬉しそうな顔を見ていると、胸がじんと熱くなった。

星奈家のご家族や親戚の方たちも、みな嬉しそうに微笑んでいる。

写真撮影ののちは、いったん千歳と別行動になり、それぞれ洋装に着替えて、披露宴会場へと向かう。

母と叔母は、着替えの終わる頃を見計らって、万里緒のドレス姿を一足先に見ようとやって来た。

母は、「いいご縁があってよかったわね」と満面の笑みを浮かべて言う。

叔母も、「本当によかった」と喜んでいたが、「義理としがらみが役に立ったわ」と小声でつけ加えていたのを万里緒は聞き逃さなかった。

「何それ？」

「あなたも知っておいたほうがいいかもしれないから、教えておくわね。あなた、イケメンじゃないと会わないって言っていたでしょう？　だから私、うちの姪の見合い相手に、誰か素敵なお医者さんはいませんかって、あなたが勤める大学病院の教授に相談したのよ。うちの夫の同期なら、きっと力を貸してくれると思っていたの」

「それで？」

「教授のいるE大病院、そして藤崎病院、それにうちの成瀬病院も、提携を結んでいることですしね。藤崎、成瀬ともども、E大病院の患者をたくさん受け入れているのよ。そういう関係で、星奈先生ご自身が、藤崎にも成瀬にも回診にいらしたことがあるわ。

とにかく、教授も星奈先生も、仕事で何かと世話になっている藤崎家、成瀬家の頼みとあらば、断ることのできない見合い話だったというわけ」

叔母は得意顔で語り、さらに言葉を続けた。

「私もお見合いの席で星奈先生に実際お会いして、これはいけそうだわ、って思ったわ。星奈先生は外見もいいし、医者としての腕も一流だと評判だし、それに何より、誠実な男性だと、一目でわかったもの。星奈先生にしてみれば、最初は仕方なく見合いに応じたのかもしれないけど、藤崎病院の娘との結婚は決して悪い話ではないでしょ。万里緒もこうして結婚までこぎつけたのだから、めでたし、めでたしよ。病院同士のしがらみのようなものも、いざというときは本当に役に立つわ」

叔母があまり得意そうに言うので、万里緒はなんだか急に興ざめしてしまった。

自分の結婚について、コネや人脈がモノを言ったのは、わかっていたけれど……万里緒としては気持ちが萎える。

千歳は万里緒のことを女性として気に入り、結婚の意思を固めてくれたのではなかったのか？

そう思いたいのに、叔母があんなことを言うから……

「叔母さんが思うに、星奈先生が私と会ってくれたのは、義理やしがらみのためだけ、ということ？」

違う、それだけじゃない、と言ってほしかった。

「たぶん、そうよ。でなければ、あんなに素敵な人が来るわけないでしょう？　教授は以前、おっしゃってたわ。いい男で、仕事のできる医者が北海道に一人だけいるって。もうすぐ東京に赴任してくるから、そのときまでにあなたの縁談がまとまっていなければ、彼に強く進言して見合いの場に行かせるって約束していただいてたのよ」

「そうまでして断れない状況を作って、星奈先生をお見合いの場に……」

「人聞きの悪い言い方しないでちょうだい。教授には格別のご高配を賜ったのよ。なんにせよ、よかったじゃない、万里緒。千歳さんに気に入られて結婚することになったんだもの」

叔母は言うだけ言うと、「それじゃ私、披露宴会場のほうへ行ってますからね」と、万里緒の控室をあとにした。

面と向かってズケズケ言われたことに万里緒が呆気にとられているのを察した母は

「大丈夫よ、万里緒。星奈先生はあなたのこと、とても気に入ってくださっているわよ」

と励ましてくれた。

確かに万里緒の容姿は普通レベルだし、仕草や言動はオヤジみたいで、酒はよく飲むし、おまけに酒癖が悪いときている。

だから、先ほどの叔母の言葉に、そりゃそうだよね、と納得してしまう部分もある。

今日だってそうだ。

万里緒は大事な結婚式の場で、いくつも失敗して、千歳にまで恥ずかしい思いをさせてしまった。

千歳は笑って許してくれたが、それはやっぱり、藤崎家や成瀬家とは切っても切れない義理やしがらみがあるからということか。改めて言われると、やはり落ち込む。

「あ……なんで……なんか、やだ。そんなふうに思いたくない」

いつの間にか、涙が流れていた。ホテルの美容スタッフは、化粧が崩れるので泣かないでください、などと慌てていた。

化粧直しにちょっと手間取り、披露宴会場到着の時間がおしてしまった。けれどどうにか準備を整えて会場に向かうと、入口で待っていた千歳は、万里緒を見て嬉しそうに笑う。

「綺麗だね」

その一言に、万里緒は心を慰められた。

叔母が口にした義理とかしがらみとかいう言葉に、万里緒は心をかき乱されてしまったけれど、次第に落ち着きを取り戻してきた。

千歳が義理やしがらみの故に見合いをしたのは事実だ。けれどそれ以前に、二人は偶然にも、病院近くの定食屋で出会いを果たしているではないか。

だから、千歳と万里緒の出会いは、それらを軽く吹っ飛ばしてしまうような、運命的な良縁なのだと思いたい。

それに、千歳が万里緒を好きだと言ってくれた言葉に嘘はないと思う。いつもすごく大事そうに万里緒を抱いてくれるし、昨日も「大事にするからね、万里緒」とはっきりと言葉で伝えてくれた。

千歳と万里緒は、共に人生を歩んでいこうと決めた。

その気持ちに嘘はないから、過去は気にせず、これからの幸せを考えたいと思う。

明日からは新婚旅行。

きっと、愛はもっと深まるはずだし、絆もいっそう強くなっていくはず。

万里緒はそう信じている。

だから、もう迷わずに大好きな千歳に手を預けよう――

披露宴会場の扉が開き、中から割れるような拍手が零(こぼ)れ出す。

万里緒は胸を張り、私たちはこれからずっと一緒に歩いて行きます、と心の中で唱(とな)えながら、会場内に歩(ほ)を進めた。

Happiness
—愛し愛される幸福—

結婚式は、千歳にとって想像以上に楽しいものだった。

というか、こんなに楽しい結婚式ができるとは思っていなかった。

神前で挙式をした。

彼女の母はチャペル式を望んでいたが、神前式がいいと言う叔母とジャンケンをして、叔母が勝ったのだ。

当の彼女自身はどちらでもよかったらしく、母親と叔母の二人に任せきりだった。

そんな彼女のやり方に何か言う気は起こらなかった。

普通、女性は結婚式に非常に重きを置いている。だから、こんなにも簡単に、しかもジャンケンで決めさせる女性がいると知り、そういうところも好きになってしまったのだ。

——その、一風変わった女性の名は、万里緒。

藤崎万里緒改め、星奈万里緒という、いっそう可愛い名前になったのは、自分の苗字のせいだ。星奈という苗字がつけば、どんな名前も可愛い感じになる、と人に羨ましがられている。

さて、星奈万里緒との神前式がなぜ楽しかったかと言うと、彼女が数々の失敗をしてくれたからだ。

普通やるか？　と思えるくらいの失敗。

三三九度の盃を落としてパニくっていた。

誓詞奏上のときも、普通レベルではない失敗をやらかしてくれた。

誓詞を読み終えたあと、自分は「夫、千歳」と名乗った。続いて、彼女が「妻、万里緒」と名乗ることになっていたのだが、彼女は「つ、妻、妻、万里緒」などと何度も言い直したりするから、笑ってしまった。

披露宴では、万里緒はシンプルな白のドレスを着たのだけれど、何度もドレスの裾を踏んで蹴躓いた。大事には至らなかったからよかったけれど、側で見ていてヒヤヒヤした。これまでずいぶん友人の結婚式に招待されてきたが、こう何度も躓く新婦は見たことがない。

ヒヤヒヤもしたけれど、笑いをこらえるのにも苦労した。

カクテルドレスに着替えた後は、招待客の前に出る直前に、本当に転んだ。しかも、きゃあ、と言って転ぶのではなく、うおっ、と言って転んだのだ。

爆笑するしかなかった。誰だって、普通はそうなる。式場のスタッフも腹を抱えて笑っていた。笑ってはいけない、と必死にこらえているスタッフもいたけれど。

自分が結婚を決めたのも、彼女が行く先々で笑いを巻き起こし、人を楽しい思いにさせる女性だったからだ。

これは稀少価値がある。

だから自分は、人生を共に歩む相手は絶対に万里緒しかいないと心に決めた。

そして、万里緒も自分のことを好きになってくれたと知り、さらに好きになった。


――結婚式のあと、二次会は開かなかった。

より正確に言うと、事前に二次会の準備をする暇がなかったのだ。

二次会はどうする？　ということさえ話にのぼらなかった。

結婚式で着る衣裳の件や、披露宴で母に贈る手紙を書いたりして、彼女は準備に追われていた。

結婚式の主役は女性だとはよく言ったものだ。

男である自分に比べ、きっと万里緒は何倍も大変だっただろう。

だから、結婚式当日は万里緒も疲れ気味だった。

神前式と、それに続いて開催された披露宴で気疲れしたのもあるだろう。

神前式で失敗したことを気にしていたようだし、夫である自分に対して申し訳ないと思う気持ちが、よりいっそう彼女を疲れさせたのだと思う。

そんな気遣い、しなくていいのに。

だがやはり、たった三ヶ月程度の付き合いでは、すべてを相手の前にさらけ出すことはできないのだろう。

それは自分も同じだが、でも万里緒のことが好きなので、彼女の前ですべてをさらけ出し、すべてを委ねるつもりで、結婚に踏み切ったのだ。

結婚式のあとは、式を挙げたホテルに泊まった。

彼女は、疲れた、と言って先に眠ってしまった。

それに対し、自分は何とも思わなかったし、普通に過ごすことができたと思う。

その翌日は、妻となった万里緒の希望通り、沖縄へハネムーンに旅立った。

沖縄旅行はすべて自分が手配した。

新婚旅行は海外に行くのかと思った、と友人から言われたが、実は自分もそう思っていたのだ。

だが沖縄は万里緒のたっての希望であり、予想外に安く済んだので、結果オーライだった。

ホテルは、なるべく良いところを、と思っていた。

ゆっくりできて、楽しめる場所。

沖縄のホテルリストを丹念に調べてホテルを選んだが、万里緒が気に入ってくれるかどうか、それだけが心配だった。

出発の日の朝、妻はいつになく言葉が少なかった。何かあったのだろうか、と思うくらいだった。

飛行機が離陸しても、しばらくの間、妻は座席でボーッとしていた。

気圧の関係で耳が痛いのだろうかと心配になった。

「万里緒？」と声をかけると、「あ、はい。何ですか、星奈先生」と返事があった。

自分は消化器外科、妻は消化器内科と専門分野は多少異なるが、二人とも医師なのだ。

医師として自分の方が先輩だからだろうか、歳も六つ上だということもあり、妻の万里緒は、夫である自分のことを星奈先生と呼ぶ。

もう他人ではなく、夫婦になったのだから、できれば「千歳」と名前で呼んでほしい。

時期が来れば、きっと自然とそうなるだろう。それはともかくとして、妻の様子が少し心配だ。

「耳が痛い？」

「あ、多少……」

本当にそれだけならいいのだが、と思いながら、ショルダーバッグの中を探ってみた。

「ガム か飴、食べる？」

実は自分は耳抜きが下手くそで、ダイビングの免許取得を諦めた経験がある。

妻の気分転換になるかもと思い、その話をしてみた。

「唾呑めないんですか？」

「呑めるけど、上手くできないんだ。だからガムか飴、どっちか食べて、耳抜きをサポートしないと」

子どもみたいだがしょうがない。万里緒も笑っていたが、飴を取った。爽やかなレモン味の飴だ。自分は甘酸っぱい味が好きなので、オレンジ味の飴をチョイスした。

「こういう可愛いものを持ち歩いているとは思いませんでした」

「よく言われる。一人では食べきれないから、いつも誰かにお裾分けしているんだ」

飴を一袋買うと、量が多すぎて余ってしまう。だから医局内に置いておき、同僚たちに勝手に食べてもらっている。

「耳の具合はよくなった？」

「はい、だいぶいいみたいです」

「だけど、まだ疲れてる？」

「あー……そうですね、多少。でも、沖縄は楽しみたいです」

どこか歯切れの悪い返事だった。

万里緒の手を取り、指を絡めた。窓際の二つ並びの席なので、他人の目を気にする必要はなかった。しかも、ここは機内後方で、空席がいくつもあった。

しかし万里緒は、指を絡めることさえ恥ずかしがる。それでも、素直に手を繋いでいるから良しとしようか。

「昨日は、ホテルの部屋に着くなり、話もせずに寝てしまったね」

と自分は言った。結婚式のこととか、旅行のこととか、色々話したかったのだ。

朝食のときも、万里緒は寝起きだからか、あまり話をしなかった。

「結婚式の感想ですか？　もう、いいですよ……式ではさんざん失敗しちゃったし、披露宴の余興では病院の同僚たちが、私がスーパー●リオの仮装している映像を流しちゃうし」

だから落ち込んでいるのか。

確かに結婚式での失敗はあった。披露宴ではドレスの裾を踏んで躓いていた。

スーパー●リオの仮装は、ただ笑っただけ。もしかして、笑ったのがいけなかったのか。

友人たちのスピーチで、スピード婚だったと暴露されたのも、よくなかったのかもしれない。

だが披露宴での友人スピーチは、二人の馴れ初めなどを面白可笑しく語るのが普通だろうと思う。

見合いをして、こんなに早く結婚を決めたというのは、自分としても気恥ずかしいという思いはある。

だが、それは事実なのだし、好きだから結婚したというのも本当のことだから、スピード婚で何が悪い、とも思う。

披露宴で友人たちに「彼女の第一印象は？」と聞かれ、「面白くて笑える人」と答えたが、あれもまずかったのだろうか。

そのせいで、妻は気を悪くした？　どうもそうらしい。

「星奈先生、私のこと面白くて笑える人、ってなんですか？」

やはり不機嫌の原因はこれだったか。

「だって、面白くて笑える人だったんだよ、出会った最初からね」

万里緒はその外見や雰囲気にそぐわない路地裏の定食屋で一人、ビールなど飲みつつ、食事をしていた。だから自分は、「面白い女性がいるぞ」と思って、密かに盗み見などしていたのだ。

そのあと、二人で初めてご飯を食べに行ったのは、青島ビール（チンタオ）を出してくれる汚い中華料理屋だった。

万里緒は、会う度に色々な顔を見せてくれた。笑顔も、ちょっと変な顔も、だ。

「万里緒は、星奈先生の第一印象はと聞かれて、まともな答えを返していたね」

「当たり前ですよ。カッコイイ人だなと思ったと正直に答えました」

「本当は、アヒルに似ていると思いましたと言いたかったんじゃない？」

すかさずツッコむと、万里緒は、ヤバい、と思ったらしく、言葉に詰まった。

目が泳いでいる。明らかに挙動不審だ。

ようやく万里緒らしさが出てきたらしい。

「た、確かに、星奈先生のこと、アヒルっぽいなと思うことはよくありますけど、みんなの前でそれは言えないかな、と思って」

「言えばよかったのに」

「あれ以上、笑いを取りたくないですよ！」

ようやく万里緒が笑ってくれたので、ホッとした。その表情をじっと見つめていると、万里緒は首を傾げる。

「なんですか？」

「昨日も今日も、あまり笑わなかったから。何かあったのか、と思って」

「何もないですよ」

万里緒は笑顔を引っ込めた。そして視線を外した。

一体何があったのだろう。何を感じたのだろう。まだまだわからないことがある、万里緒という女性。今はこれ以上追及せずに、じっくり時間をかけて理解していこう。

夫婦になったのだから、これからいくらでも時間はある。

「そう、わかった」

「……手、離していいですか？　汗かいちゃう」

万里緒は何が気に入らなかったのか。何が気になるのか。

自分の話し方だろうか。それとも態度だろうか。

自分は元々、女性に食指を動かすことはほとんどなく、したがって、女性の扱いに慣れていない。

こういうときは、一体どうしたものかと悩んでしまう。

自分からここまで積極的に関わりを持ったのは、万里緒が初めてなのだ。

上司に言われ、断りきれずに見合いをした相手だが、今は見合いをして本当によかったと思っている。

ここまで心を傾けられる相手と会ったのだから。

万里緒には、他の女性にない魅力があった。その心の内をすべて知りたくなった。それから、身体のすべても知りたくなった。だから万里緒を口説いたのだ。新婚旅行に旅立った今も、万里緒のすべてが知りたくて、愛おしくて堪らない。

「星奈先生」

「ん？」

「私、掃除と洗濯は好きですけど、料理はできません」

「いきなり、なに？」

万里緒はいつも唐突に何かを言い始める。

「で、それがどうかした？」

「いや、料理ができない女はポイント低いかと」

「ポイント？　なにそれ？」

また変なことを言い始めたな。ポイントが低いというその根拠は何だろう。男は女に点数を付けるもの、と思っているのか？

「僕、女の人に点数とか付けたことないけど……ポイント、ってそういう意味でしょ？」

「まぁそうです」

と相変わらず歯切れの悪い返事。

「いや、でも、あの、奥さんとなったからには、そういうことができないとなぁ、って。たいてい、家事は女の人がするでしょう？　今は私たち、東京と北海道に離れて暮らしているけど、そのうち一緒に住むので、今から料理、頑張りますので」

なんだ、料理ができないことを気にしていたのか。

料理ができるからといって、イイ女であるということにはならないのに。

「お互い仕事をしてるんだから、一人で何もかも頑張ろうとせず、万里緒は万里緒のできることをやればいいと思うけど？　僕もできるだけ手伝うから」

自分は早くに母を亡くしたので、家事全般はできるし、得意だ。男だからとか、女だからとか、そういう固定観念もまったくない。

万里緒は料理のこと以外にも何か悩みがあるのかもしれない。

話題を変えたくて、万里緒の髪に手を触れてみた。

真っ直ぐな髪が肩まで届いている。

「このまま髪の毛伸ばす？」

「え？　あ、そうですね……」

「この間、写真を見せてもらったけど、大学時代の万里緒、髪の毛長かったでしょ？　似合ってた」

大学時代の万里緒を見て、どこかで会ったことがあるような気がした。

でも、どこで会ったのか、まったく覚えがないので、黙っていた。

「長い髪が好きなんですか？」

「いや、別に。ただ、長い髪の万里緒も可愛くて、似合ってたから。今の万里緒も好きだけどね」

「長いと、洗うのが大変なんですよね。でもまとめやすくなって、どんなに髪の毛がぐちゃぐちゃでも、まとめればＯＫ、という利点もあるんですけど」

「時間があるときは、僕が洗ってあげようか？」

「いや、あの、それは、大丈夫と思いますので。大変だけど、自分で洗います」

「一緒に風呂に入るのは抵抗あるんだ？」

「私、そういうこと、したことないです。誰とも」

語尾が少し弱々しい。

だが、誰ともしたことがないと言われ、つい嬉しくなってしまう。

「そう。じゃあ、今夜ホテルで一緒に入ろうか？」

「……へっ？」

自分は女性と一緒に風呂に入ったことがある。でも、それほど楽しいとも思えなかった。風呂の中での性交渉も、さして気持ちのいいものではなかった。風呂はリラックスして入りたい、というのが自分の本音だ。

でも、万里緒とだったら、なんだか楽しそうだ。きっと万里緒は顔を赤くして固まっていることだろう。それを崩すのは自分だと思うと、ワクワクする。

単に思い付きで言った言葉だが、絶対に実行してみたくなった。

「いいホテルだよ。海外に行く代わりに、一番いい部屋を取ったんだ」

「……プラン任せっきりですみません。……何ていうホテルに泊まるんですか？」

「エグゼスっていうホテル。空港からちょっと離れてるけど、車で二時間弱かな。写真で見る限り、結構豪華なホテルで、バブル期に作ったホテルみたいな感じ、という利用者のコメントが寄せられていた。バブル時代のホテルがどんなものか、よくわからないけど、リゾート感覚は満喫できそうだ」

「一番いい部屋って、どんな感じでしょう？」

「……何とかスイートって言ってた。新婚旅行なのでいい部屋を、って言ったら薦められたんだ。最上階の部屋で、プライベートプールがあるらしいよ？」

「あ、えっと……は、半分払います」

万里緒は頭を下げ、申し訳なさそうな声を出した。

「は？　大丈夫、そんな心配しなくていいよ」

「や、でも、めっちゃ……高そうですけど」

「宿泊費？」

「そうですよ、宿泊費ですよ。私、半分払うつもりでいたし」

ごめんなさい、と言ってバッグから財布を取り出そうとするのを見て、あわてて制止した。

宿泊費も旅行費も、海外に行くことを思えば、かなり浮いているのだ。

新婚旅行で海外だったら当然ツアーになるだろうと思っていた。ヨーロッパにしても、リゾートにしても、一人四十万は下らないと予想していいのだ。

沖縄だったらその半分もかからないので、宿泊費が高額でも、夫である自分が出すのは当たり前だと思う。

「いいよ、新婚旅行だから」

「ダメですよ」

「どうして？」

「ほら、これ、指輪。指輪も買ってもらってます。清乃が言ってました。これ、有名なブランドなんでしょ。そんなにしてもらうわけには」

何を遠慮することがあるだろうか。妻に指輪を贈るのは当たり前のことだ。

それに、自分の場合は年収が増え続ける一方、お金を使う場面がなかった。高級な服にお金を使うとか、そういうこともなかったし、仕事が忙しいので旅行にもほとんど行っていない。趣味の山登りさえ、足が遠のいている。

お金の使い途といえば、生活費のほかは、車を毎年買い替えるくらいだ。貯金をしているつもりはなくても、お金は貯まる一方だった。

だが万里緒は、お金のことを気にしている。今日は朝から変だったが、妙に頑なになっているような感じがする。

自分は今年、医師になって十二年のキャリアを持つが、万里緒は医者になってまだ五年目で、九年の開きがある。そのことを気にしているのだろうか。

だが、夫婦になった以上、妻が夫に頼るのは悪いことではないと教えてやりたい。

「僕は外科専門医であるだけじゃなく、移植専門医でもあるから、あと、アメリカの医師免許も取得しているから、海外派遣もされたりしてね。自分で言うのもなんだけど、実績と経験と資格は充実しているから、現役の医師として働いている間は、お金の心配はしなくていいよ」

「そうなんですか」

「見合いのときの釣書き、きちんと読んでいなかったんだね」

「そんなの、見る暇もなくて。写真も見なかったし、今回のお相手はお医者さんよ、くらいしか聞かされていませんでした」

そんなんでよく会う気になったもんだ、と思う。

「どうしてそう何回もお見合いしたのかな?」

「研修医になった頃から、叔母が話を持って来てたんですよ。両親も、お見合いを勧めていたし。私、男の人とお付き合いした経験はあんまりない上に、いい人と付き合ってこなかったから、私自身も、お見合い結婚というものを意識してましたけどね。でも、星奈先生に会うまで、本気で結婚を意識してはいなかったです」

万里緒は大病院のお嬢様だから、両親としては、変な男に捕まるよりも、叔母のお眼鏡に適(かな)った相手と結婚してくれたら、と望んでいたのだろう。

こういうところ、本当にお嬢様だと思う。でも、万里緒がほかの男に捕まらなくてよかったと思える。

「僕も万里緒に会うまで、結婚を意識したことはなかったよ。出会えて、よかった」

見合いをすることになった経緯はさておき、出会って幸せなら、これでいいと思えるのだ。

笑みを向けると、万里緒も笑った。

今日は笑顔が少ない。だからこそ、笑ってくれると嬉しい。

ホテルも気に入ってくれるといいのだが。

＊　＊　＊

空港でレンタカーを借りる手配をしてあったので、すぐに配車をしてもらえた。

レンタカーでホテルへ向かう。

途中、琉球ガラスの店に立ち寄り、旅行初日ではあったが、さっそく土産（みやげ）を買った。

義母であり友人でもある知花が喜びそうな品を見つけたからだ。

万里緒に似合いそうなガラスのピアスも買った。たいした値段の品でもないのに、万里緒がすごく喜んでくれたのは嬉しかった。

こうして寄り道観光をしたので、ホテルに着いたのは午後六時だった。それでもまだ日は高い。

スタッフが最上階まで案内してくれた。部屋はメゾネット形式でかなり豪華な造りだった。専用プールがあり、いつでも好きなときに泳げる。

「気に入った？」

万里緒に感想を聞くと、目をキョロキョロさせながら、うなずいた。

「いや、はい。すごいホテルですね。なんか、こういうのをバブルな感じと言うんでしょうね？」

「僕もバブル時代のことはよく知らない。僕らよりちょっと上の世代の人は詳しいみたいだけど」

「このお部屋で、何泊、ですっけ？」

「四泊五日。お金の計算はしないでね」

部屋から屋上に続く階段を上って行くと、目の前にプールがあった。

「見て、日が高いからまだ泳げそうだよ」

と誘ってみても、万里緒は、

「……はい」

と気のなさそうな返事。

もう、何なんだろう?

万里緒のテンションは低下している。

プールに向かって歩いて行くと、万里緒もついて来たが、水際で座り込んでしまい、ため息をついた。

言いたいことがあるなら言えばいいのに、とちょっとイラッとして、万里緒の背を押した。これくらいの遊びはしてもいいだろう。

「ぎゃあっ!」

不意討ちされた万里緒は、女らしくない声を上げて、プールに落ちた。

水しぶきを軽くよけて、笑ってやった。

「何すんですか!」

「ボーっとしてたからだよ。今日一日、違うこと考えてた罰だ」

まだ一日経っていないけれど、新婚旅行中は自分のことだけ考えていてほしいのだ。

「だからって、ひどっ!」

「何考えてたの?」

「何でもいいじゃないすか! っていうか、服もパンツもびしょびしょですよ」

もう! と言いながら、水中でサンダルのストラップを外す万里緒。上手(うま)く脱げずにもがいているのを見て、また笑った。ざまあみろ。

せっかく二人でいるのに、昨日結婚式を挙げたばかりなのに、なぜか万里緒が沈んでいるのが気に食わないのだ。

「もう！　もしここに誰か来たらって考えないんですか？」

「誰も来ないよ。ここはプライベートな空間。裸で泳げる」

万里緒は、なんだか照れたように顔を背けた。そして、悔し紛れに、脱いだサンダルを投げた。

そんなもの、ひょいと避ける。

下唇を噛み、悔しそうな顔をしている万里緒を見て、これこそ万里緒だと思う。表情がくるくる変わる様は、見ていて楽しい。

万里緒は自力でプールから這い上がろうと、はしごを使って上がってきた。

そのまま抱きついてきたので、笑って受け止めた。

万里緒は、仕返しをしたがっているみたいだ。でも、万里緒が力一杯に腕を引っ張っても、男の力には敵わない。

「私だけ、酷い！」

「僕をプールに落としたいわけ？」

「ったりまえ。私だけ落とすなんてずるい！　パンツまでびしょびしょですよ！　パンツまで！」

パンツ、と強調するから、思わず笑ってしまう。

「じゃあ、パンツ脱げば？」

「なっ……なに言ってんすか！」

悔しそうにそっぽを向く万里緒。

その腕を取って強く引っ張ると、万里緒はバランスを崩し、またしてもプールに落ちた。

万里緒と一緒に自分も落ちてやった。

「うきゃあ！」

こういう悪戯は学生時代以来やっていないので、結構楽しい。

モヤモヤした気分を発散するには最適だ。

「もう！　やだ！」

万里緒は手で水面をバンッと叩き、かなり悔しそう。

「怒った？」

「ったりまえですよ！」

「僕も一緒に落ちたのに」

「私まで巻き込まないでください！」

万里緒の怒った顔が面白いのでまた笑ったら、顔に水をかけられた。

慌てて手で水を防いだ。

「ちょっと、万里緒、だめだよ、コンタクトが流れる」

「そんなの平気です！」

また水をかけられた。その手を掴んで、万里緒の目を覗き込む。万里緒は動きを止め、じっとこちらを見上げた。いつもの万里緒らしくて、嬉しい。

「そうやって怒って、笑って、それから喜んでくれ。怒りたいなら怒ればいい、悲しいなら悲しんでいい。笑いたい時は笑って楽しんでほしい。万里緒、僕に遠慮はいらない。僕らは夫婦なんだからね」

万里緒の顔を見ると、睫毛に水滴がついているのが、悩ましいほどセクシーだった。

「睫毛が長いから、水滴が乗っかっている」

万里緒は顔全体を手でこすると、目線を下げ、低い声で話しだした。

「だけど、あんまり変なこと言ったり、怒ったりすると、男の人って離れていくじゃないですか。星奈先生はそうじゃないって、言えるんですか？　スピード結婚で、まだよく私のことも知らないのに、そんなこと約束しちゃっていいんですか。私が初めてエッチをした人だって、すごく優しかったけど、次の日にはいなくなってて、それきりです。だから、こんな私が何の遠慮もなく行動したら、男の人は離れていくって……そう思うんです」

万里緒が言う通り、確かにスピード婚だったので、恋人でいた期間は短く、互いを知る時間もあまりなかった。

でも、確実に、万里緒が好きだから一緒にいる。

「怒ったり、迷惑をかけたり、悪態をついたり、変なことを言ったりしてもいいよ。そういうの全部込みで、夫婦になったから。その代わり、僕も怒るときは怒るよ。怒りの閾値（しきいち）が高いから、優しくて穏やかな性格だと人に思われてるけど、実際はちょっと違うんだ。反応は遅くても、怒るときは怒る。万里緒も、そういうの込みで僕と夫婦になったんじゃない？　違う？」

万里緒は首を振った。違わない、その通りだ、という意味だろう。

「もちろん、いろんなことを込みで、結婚しました。でも、星奈先生は私が何をしても怒らないし、いっつも許すじゃないですか」

「だから、閾値が高いって言ったでしょ？　反応が遅いんだよ、のんびり屋だし」

濡れた髪を耳に掛けてやりながら言った。

本当のことだから何度だって言おうと思って、笑みを向けた。

「だって、最初から、最初の人から、離れていったから」

「そんなに初めての男が良かったの？」

よっぽどの思い出なのだろう。

それは悔（くや）しいことだ。

万里緒の心に残っている男に嫉妬してしまう。

「や、そういうわけじゃ……」

と否定されても、内心ため息だ。

でも次の言葉で、そんな思いも吹き飛ぶ。

「星奈先生が、いい」

「だったら、初めての男なんか忘れて。僕を見て」

「見てます」

「ちゃんと見ていないから、さっきみたいなこと言うんでしょ？」

「星奈先生しか見てない！　好きです」

万里緒は水しぶきを上げながら抱きついてきた。

「大好き、……ち、千歳が」

万里緒はまだ躊躇いがちだけれど、千歳と名前で呼ばれて嬉しい。

じっとこちらを見上げる万里緒が可愛くて、思わずその唇にキスをした。いきなりディープキスだ。

プールの壁に万里緒の身体を押しつけ、胸に強く触れた。濡れた服が邪魔だった。キスを続けながら万里緒を見ると、顔をしかめていた。力を緩めると「ん」と唇の隙間から声が漏れた。

「万里緒……」

名を呼ぶと、さらにしがみついてきた。それが愛しくて、万里緒の濡れたシャツの中に手を入れる。胸を撫でて、背中を撫でる。下着のホックを外し、胸に直に触れた。

水に濡れた、柔らかい胸。それがやけに気持ち良く思えて、胸を揉みしだいた。それから万里緒が穿いているパンツのジッパーを下げ、下着ごと脱がせた。水の中だから簡単に滑って脱がせやすかった。

「こ、ここで？」

「……ダメ？」

身体は思ったよりも切羽詰まっていた。自分の声が呆れるほど掠れているのに、驚いた。

こんなところで、こんなことをするなんて、自分らしくない。

でも、欲しくて堪らない。

こういう情熱を引き出すのが万里緒だ。

万里緒のシャツを押し上げ、濡れて光っている胸の先に唇を寄せ、啄む。それから唇で食むようにして、そこを愛撫する。

「っあ！」

片方の胸は揉み上げ、片方の胸は唇で愛撫した。そうした後、今度は違う方の胸にも愛撫を加え、万里緒の顎に唇を這わせ、そのまま唇にキスをした。

こんなにも情熱的に、こんなに熱心にも愛せる女性は万里緒の他にいない。

自分でも驚くほど、万里緒の身体を愛している。そうしたくて堪らない自分がいる。

万里緒の滑らかな背中を撫で、手はそのまま臀部へと移動する。うしろから足の間に手を這わせ、そこを撫でる。万里緒がギュッとしがみついてきて、声を上げる。

「ん……あぁ、ち、とせ……っ」

千歳と呼ぶその声が悩ましくて、心地よい。心も身体も興奮する。

足の間に手を這わせながら、万里緒の身体の一部分を撫でる。そこは自分と万里緒とが繋がる場所。

撫でたあと、指を押し入れる。難なく入ったのは、きっと水のせいではなく、万里緒自身の内部が潤い、濡れていたからだ。

我ながら早急だと思うが、パンツのジッパーを下げた。すでに反応していたので、痛いくらいだったが、これで少し解放された。下着も下げると、さらに楽になった。

でもそれだけでは満足しない。

万里緒の片足を持ち上げる。

「……っん」

キスをしながら、自分自身を万里緒の隙間に、ゆっくり押し入れる。

前に他の誰かと風呂の中でしたときは、よくなかった。

しかし今、プールの水中でするセックスはこんなにも気持ちいい。

万里緒の温かく湿った内部に、自分のモノを包み込まれる。いつもよりそこが狭く感じられた。

「よすぎて、ためいき、出る」

そう言って、さらに腰を密着させた。そうすると万里緒がまた甘い声を上げた。

「きもちい……？」

まだ動いていない。でもすごくイイ。

万里緒の身体はこの上なく気持ち良くて、性的に繋がった部分は、じんじんと熱く脈打っている。

「もちろん、いいよ、万里緒」

途切れ途切れにしか言えない。

それくらいイイから。

万里緒の身体を自分のモノで突き上げる。

その行為をゆっくりと断続的に続ける。

万里緒の首筋に顔を埋め、荒い息を吐いた。

ここは屋外も同然の場所。

しかも、コンドームをせずに繋がっている。

そのせいで万里緒が怒るなら、怒ればいい。

が、コンドームなしでよかったかも。

だって万里緒の中は、驚くほど気持ちがいいから。

その感触を生で味わい、思う様に突き上げて、キスをして、胸に触れて、揉み上げる。柔らかい胸に時々舌を這わせて吸い上げる。乳房に痕がつくほど吸って、満足する。

万里緒の魅力はすごい、と思う。

こんなに気持ちいい上に、愛しさもあって、ついさっきまで万里緒が変な態度を取っていたことなんて、もうどうでもよくなる。

万里緒は精一杯応えてくれるし、甘い声を出しては、こちらの欲情をそそりたてる。

そんな万里緒が好きだから、抱けば抱くほど気持ち良くなれる。

こんなことが、自分の人生において起きるとは思わなかった。結婚なんて、しないと思っていた。

そんな自分がどうしても万里緒と結婚したくなった。しかもスピード婚で、夜間に籍を入れに行くほどだった。

「あん、も、ダメ……っや」

突き上げるたびに揺れる万里緒の身体。揺れる乳房が悩ましく、何度もそこへ唇を寄せて、それからキスをして。

「もう？　まだ、イキたくないけど？」

そう言いながらも、限界は近い。でもまだイキたくない。気持ちと身体は裏腹だ。

「ちとせぇ……っ」

語尾を甘くしながら、震える手で抱きつく万里緒。

好きな人がこんなにも感じている。その身体を抱きしめることの幸せ。それがセックスという行為の醍醐味だ。

「好きだ、万里緒、わかってる？」

「わ、かってます……っあ」

「こっち、見て」

少し身体を離してみた。

そうすると万里緒がこちらを見上げる目と目が合った。

「か、っこいいです」

その言葉を聞いて、つい笑ってしまった。

セックスの最中に笑うのは、これが初めてだ。

笑って抱きしめて、万里緒のコメントに応える。

「そうですか。ありがとう。君は、どうですか？　気持ちイイ？」

揺らしながら聞くと、こくこく、という感じでうなずく。

そうして万里緒は上を向く。キスを求めている感じだったので、キスをする。深いキスを繰り返すと、互いに息が上がって苦しかった。

「千歳」

「はい？」

「大好き」

その言葉にどれだけ威力があるか、万里緒自身はわかっていない。どれだけこの人に溺れるんだか、と思う。まだ出会って数ヶ月の人なのに、こんなにも夢中になっている。

何も言わず、突き上げる速度を上げた。甘い声がひっきりなしに漏れ、それでも抑えているのがわかる。甘い声が可愛くて、煽られてしまう。

「イキそう……っ」

「んっ……いって」

小さくそう言うのも可愛いと思い、ぐいと突き上げる。

強く突き上げ、少しだけ呻いて、万里緒の中でイク。

忙しなく荒い息を吐き出しながら、何度か軽く突き上げて動きを止める。

万里緒の首筋に顔を埋めると、そこに頬をすり寄せてくる万里緒。

快楽の余韻に浸った。

終わったあと、昔ならすぐに身体を離していた。

でも今は、離れたくない気持ちが強い。

「また中で出しちゃったな」

首筋から顔を離して言うと、万里緒は瞬きをして息を呑む。喉が動いて、扇情的だった。

「ほんと、に？」

「うん。ごめん、ゴム着けなかったけど」

「いいです。星奈先生が、こんなに欲しがってくれたって、思います。それに、危険日とかじゃないですし」

こんな可愛いことを言う万里緒を絶対に離したくない。繋がりも解きたくはないが、物事にはすべて終わりが来るもの。だからゆっくりと自分のモノを引き抜いて、万里緒の唇にキスをする。

「風呂に入ろうか？」

「え？」

「だって、お互いプールでびしょ濡れだし」

プールの底に漂っていた万里緒のパンツとブラを取って、プールサイドに上げた。

一つ息を吐いて万里緒を見ると、顔が真っ赤になっていた。

「初めての一緒のお風呂、いかがでしょう？　奥さん」

「ちょ！　やめてくださいよ！」

早くプールから上がって、重い服を早く脱ぎたいと思った。

「上がらないの？」

「上がります！」

万里緒がサッと上がれるよう、手を貸した。

万里緒はシャツの下に何も着けていないので、見ているだけでまたも欲求が高まる。

「風呂に行こう、万里緒」

万里緒は、「いや、あの」と言葉に詰まっている。

「いくら夫婦といえども、まだ出会って間もない私たちですし、お風呂はもっと仲良くなってからにしたほうがいいかと。新婚旅行だからって、そこまでサービス的なことはですね、ないと思いますです」

「サービス？　それに、確かに出会って間もないけど、僕らもう十分に仲良くなったと思うけど？」

「いや、仲良いです。でも、一緒にお風呂はさすがに、そういうことは、玄人の夫婦がするもんだと……」

「玄人の夫婦？　ああ、長年夫婦をやってプロ級になった人たちのことか。では僕らもプロに近づくための第一歩をどうですか？　髪の毛、洗ってあげたいな」

万里緒は「もう限界」とばかりにうつむき、顔を赤くしている。

「行くよ、万里緒」

手を引いて、階段を下りる。

浴室には、ガラスで仕切られたシャワーブースもあり、二人で入るには好都合だった。

先にシャワーを浴びてから風呂に浸かるのもいい。

躊躇いなく服を脱いでいると、万里緒がこちらを見ているのがわかって、首を傾げた。

「なに？」

「い、いえっ！」

「万里緒も早く脱いで」

裸になって、さっさと浴室に入る。

湯の温度を調節し、湯船に溜める。

その間に服を脱いだらしい万里緒が、バスタオルで身体を隠しながら入ってきた。

全部知ってるのに、と思いながら、タオルを取ろうと手をかけると、その手を抑えられた。

「なに？　裸を見ちゃダメ？」

「いえっ！　そういうわけでは！」

「じゃあ、手を放してよ」

う、と言いながら手を放す万里緒を全裸にする。

そのまま手を引き、シャワーブースへ。

温かい湯をかぶりながら、万里緒の髪をうしろへ流してやる。

「新婚旅行、楽しもうね、万里緒」

濡れた睫毛がぱちりと瞬きをした。

そうして、笑みを向けた万里緒が返事をする。

「はい」

「じゃあ、今日はもう一度楽しませてください」

「へっ？　何を？」

「お風呂で、セックス」

「えっ⁉」

「したことない？」

「ありませんですよ！　さっきしたのに、ま、また⁉」

「そう、また、です」

そう言って万里緒の唇にキスをする。

シャワーブースの棚にあるシャンプーを手に取って、万里緒の髪を洗う。

身体にはボディーソープをつけ、撫でるように洗うと、万里緒は顔を真っ赤にして首を振る。

「も、いいです！　なんか、エロいです！　何のＡＶプレイですか⁉」

やめて、と言うのを聞くのが楽しい。

「好きだよ、万里緒。だからやってるんだけどな」

そうしてにこりと笑って見せると、万里緒は、うう、と言って下唇を噛む。その唇にキスをする。

「好きだよ、万里緒」

もう一度言ってキスをして、それから抱きしめる。

シャワーの湯で身体が温まった。夏とはいえ、プールにしばらく浸かっていたから冷えていたのだ。

好きな人と、シャワーの下でこんなことをしている。

前に付き合っていた人とは、こんなことしなかった。

そう思いながら、唇を離して万里緒を見る。

これからもずっと、この人がいい。

この人以外は嫌だ。

そう思えるような人と出会えたことの奇跡に感謝し、病院がらみの義理やしがらみにも感謝をする。

これからもずっと、この手を離したくない、と思いながら万里緒の身体を抱きしめる。
そろそろ湯が溜まった頃かと思い、シャワーを止めてキスを繰り返した。
新婚旅行はまだ始まったばかり。
新婚旅行らしく、妻の身体をとことん愛したい。

書き下ろし番外編

甘い新婚旅行

「万里緒、何か飲む？」

「はひ」

返事がはい、ではなくはひ、なのは息が整っていないせいだ。

ぐったりとベッドに横たわった万里緒は、隣で身を起こした彼を見上げる。

彼は星奈千歳。晴れて夫婦となった万里緒の旦那様だ。

おせっかいな叔母の勧めるお見合いで、優秀な消化器外科医である彼と会ったのは今からほんの三ヶ月ほど前。途中色々ありながらも、万里緒と結婚したいと言ってくれた千歳と結婚式を挙げた。だって彼は、万里緒にとっても、ただ一人の特別な人だから。

そうして今。忙しい中、互いに何とか都合をつけて沖縄へ新婚旅行に来ている。

新婚旅行って初めてだし、一生のうちで何度も経験するものじゃない。もちろん、万里緒にとっては最初で最後だ。

だから最初で最後のコレの過ごし方が普通なのか、それとも普通じゃないのかわからない。

　でも、たぶん愛されすぎているのではないかと思う。

「汗、かいたね」

　そう言って、フッと笑った彼の顔は超絶キュートであり、魅力的だ。この笑顔を見たら、きっと誰でもドキドキするのではないだろうか。こんなキュートなイケメンが医者だなんてありえない。そう思うけれど、彼は実際、とても優秀な消化器外科医なのだ。

　万里緒の前髪を掻き上げながら、そっと額(ひたい)を撫(な)でる指は綺麗でスッと伸びている。この指が、先ほどまで万里緒の身体の内側に入り、エロく動いていたのだと思うと、身体がまた疼(うず)きそうになる。

「ちょっと待ってて」

　万里緒から手を離した彼は、乱れたスウェットを直しながら、ベッドを下りる。Tシャツとスウェットを着た後ろ姿を見つめ、万里緒はほうっと息を吐き出した。

「昨日は、プールでやって、バスルームでやって、ベッドでやった。なのに今日も朝からベッドで……ってスゴイ」

　独り言をつぶやきながらまた大きく息を吐いた。

　下半身のだるさが、彼と愛し合ったことを強く感じさせて、なんだかそれがとても幸せに感じる。結婚式で叔母に言われた、お見合いの義理やしがらみなんて言葉がウソのようだ。

「なんか言った？」

「いえ、別に」

「そう？」

彼は笑ってペットボトルの冷たい水を万里緒の額に押し付ける。こんな時、ホテルのペットボトルはありがたいと思った。

だって、こういうコトの後は冷たい水がすごく飲みたくなるから。

起き上がってペットボトルのキャップをひねり、中身を飲み始めると一気に半分近く飲んでしまった。

「声、たくさん出したからね。喉が渇いたかな？」

クスッと笑ったその顔を、つい睨むと頭を撫でられた。

「それだけ良かったたってことでしょ？　僕は嬉しいですが？　万里緒さん」

「ち、千歳が私の上に乗ってくるから」

横を向いて言う。すると、万里緒を覗き込んできた彼が、ぐっと顔を近づけてくる。

「君が、そんな僕の重みで感じてるの、知ってるんだけど？」

キスされそう——万里緒はそれを避けるために身体を後ろに仰け反らせた。その拍子にペットボトルの水が零れそうになり、気を取られているうちに手からボトルを奪われる。

「どうしてキスを拒むのかな？」

ペットボトルを優雅にサイドテーブルに置くと、彼は万里緒の身体を倒しながらゆっくりとキスをしてくる。

「う……っん」

千歳はチュ、と音を立てて唇を離し、万里緒の首筋を撫でた。

「今日は琉球ガラスの体験に行くんだっけ？　コップ、作るんでしょ？」

「そう、ですよ」

「だったら、そんなに色っぽい顔してないで起きないとね」

にこりと笑う魅力的な顔。彼の可愛い唇が弧を描くのを見て、ドキドキしたのもつかの間――

「起きないなら、布団剥ぐけど？　万里緒さん」

ストンとベッドから下りた千歳が、布団を剥ぎにかかる。

「うぎゃっ！　ダメです！」

布団の下の万里緒は裸だ。いきなり布団を剥がれると、生まれたままの姿が露わになってしまう。

「君の裸なら、もう知ってるよ？」

楽しそうに布団を引っ張る彼は、万里緒の乙女心なんて無視だ。

「それでも乙女は見られたくないんですよ！」

もう三十なのに乙女も何もないだろう。内心で突っ込みを入れつつも、彼に対しては乙女心が全開だ。

「ダメだってば！　星奈先生！」

「僕の名前は千歳ですが？」

いつもの淡々とした口調で言われながら、それでも万里緒は布団を引っ張る。すると、千歳がパッと布団から手を離した。彼は、急いで布団を引き寄せる万里緒を可笑しそうに見ている。

「早く支度して出かけよう？　万里緒」

そう言う声も表情も万里緒をキュンとさせるわけで——

だから素直に万里緒はうなずいた。

「ハイ……」

時間を見ると、もうすでに朝の十一時になろうとしている。

起きてから、それくらいゆっくりとしていたし、愛し合っていたのだろう。そう思うと頭から湯気が出そうだし、のぼせた感じがする。

すでにチノパンを穿いて、シャツに腕を通そうとしている後ろ姿はしっかりと筋肉が付いていてカッコイイ。

こんな人と結婚したんだ、こんなにカッコイイ人と結婚できたんだ。

ただし見合いで、それも仕方なく会ってくれたからだけど、と思い出しては落ち込む。

「万里緒、ベッドから起きないなら、布団を剥いで襲いますが？」

そういう色っぽいことを言ってくれる千歳が好きだと思う。でも本当に布団を剥がれたら大変なので慌てて布団を身体に巻いて、ベッドから足を出す。

さっき脱がされた下着を探して、身に着けるとベッドから下りた。

「早く着替えて」

そうして肩を撫でてくるその手の感触と熱にもドキドキする。

これから出かけるんだから、と自分に言い聞かせて、千歳からもたらされる色気攻撃に耐える万里緒だった。

＊　＊　＊

「そこで一気にフウッと強く吹いてください！　そう、そうです！」

自分は肺活量はあるほうだと思っていたのだが、ガラス工房で吹きガラス体験をしている今、それは間違いだったと感じる。

「上手ですね、本当に初めてですか？」

後ろでそう言われているのは夫の千歳だ。もうすでにキレイな形になってきている琉球ガラスを見ると、彼は何でも器用にこなすんだと感心してしまう。

「初めてですよ。男だから肺活量が多いのかも」

笑顔で楽しそうにガラスコップづくりをする彼は、万里緒と目が合うと極上の笑みを浮かべた。

「そっちはどう？　上手くいってる？」

千歳ほど上手くいってないうえに、膨らみが足りない。もう数回吹かないとガラスコップにはならないだろう。

「もっと吹かないといけないみたい。手伝ってくださいよ」

「いいよ」

軽く肩をすくめて、千歳は自分についていた職人さんに断り、万里緒のガラス作りを手伝いに来た。

「これは思いっきり吹くのがコツだと思うよ？」

「その思いっきりができないんですよ！」

思わせぶりに笑いながら、千歳は万里緒のガラスを職人から渡されて、吹いた。万里緒が吹くよりもかなり膨らみ、一気にコップらしくなる。

というか、これって完全に間接キスでは？　と突っ込みを入れたくなってしまう。が、間接キスなんてものよりも、もっと上級な色々をしているのだから、と気持ちを切り替えた。

「上手、ですね」

多少顔を赤くしながら言うと、千歳はさらりと返事をする。

「それほどでも」

「前にしたことがあるんですか？」

万里緒が聞くと千歳は首を振った。

「まさか。ないよ」

軽くそう言って、万里緒のコップづくりのためにもう一回息を大きく吸ってガラスを吹く。もしかしてガラス職人のセンスがあるのかも、と思うくらいキレイな形になっていくガラスコップを見てなんだか感動した。

「ありがとう、星奈先生」

星奈先生、と呼んだ万里緒に千歳が苦笑する。

朝、僕の名前は千歳ですが？　と言われたばかりだった。

「いいえ」

しかしここは人前なので、彼は短く返事をして、自分の場所へと戻りコップ作りを再開した。

失敗したかなぁ、と思いながら万里緒もまた職人さんに手伝ってもらって、コップらしい形になったものにさらに息を吹き入れる。

いつも笑顔の千歳は、その内面が分からない時もある。でも、大抵は本当に何とも思っていないことの方が多いのだろう。のんびりした性格だと自分で言うように。

大丈夫かな、と思いながら万里緒は自分のコップ作りに専念した。

ピンク色に染められたコップが光に当たってキレイで、感動する。

出来上がったコップはなかなかの出来映えだった。

千歳のコップはブルー。万里緒はピンク。琉球ガラスの特徴的な気泡が入ってすごくきれいだ。

残念なのは、温かいものは入れることができないということ。

出来上がったコップを持って、二人は工房をあとにし車に乗り込んだ。

万里緒はコップをしげしげと見つめた。

「温かいお茶は入れられないんですね。残念」

「気泡が入ってるからじゃない？　でもお茶を飲むより酒とか焼酎を入れたほうが様になるかも。ここは沖縄だから泡盛かな？」

泡盛、と聞いて思わず目がきらりと輝いてしまった。泡盛は焼酎みたいな感じなんだろうか。思いをはせていると、千歳が可笑しそうに笑った。

「せっかくだから今夜はそれで泡盛飲む？」

さらに目を輝かせてしまったと思う。というか、作ったコップで飲むということは今日の夕食はホテルで、ということだろうか。いろんな沖縄料理をテイクアウトしてもいいな、と頭の中で考えていたら、千歳がさらに笑って万里緒を見る。

「万里緒の考えてること、すぐわかる」

「え？　じゃあ何考えてるか当ててみてくださいよ」

少し頬を膨らませて言った。怒っているわけじゃないけど、拗ねたふりというか。こんな態度を男の人の前でするのは初めてだ。千歳とは、初めてすることが多い気がする。

こんなに幸せな恋愛も、結婚も、新婚旅行も。それもこれも、千歳が無理してお見合いに来なければ実現しなかったことだ。

そう考えると、暗かった気持ちがまた再燃してくる。けれど、万里緒は内心で首を振ってこの幸せな旅行に専念したいと思った。

「美味しい沖縄料理をテイクアウトして、泡盛買ったあとホテルでゆっくり夜を過ごす。違う？」

「違わないですけど、ホテルでゆっくり夜を、ってなんかエロい響きですね」

「新婚旅行でお酒飲んで、エロはなし？　それはないでしょ？」

にこりと笑った唇が、ゆっくりと万里緒に近づく。しかし、ガツッ、と音がして千歳の身体が途中で止まる。彼は苦笑してシートベルトを外し、万里緒の唇に小さくキスをした。それからゆっくりとその深度を深めていく。

「んんっ」

車の中なのに、と思いながら千歳のキスを受け止める。舌が絡（から）まると、何も考えられなくなってしまい、彼の背に手を回して抱きしめる。

「万里緒の、抱きしめる力、弱くて可愛いな」

チュッと音を立てて唇の上で話すから少しくすぐったい。

「泡盛（あわもり）ってたくさん銘柄があるらしいよ」

キスをしながら会話をする千歳は、本当に上級者だと思う。万里緒はこんな大人なことしたことがない。

「まずは飲みやすいのが、いい……っん」

唇を食（は）み、舌を吸われて、ようやく唇が離れていく。はぁ、と息を吐くと千歳が親指で万里緒の唇を拭（ぬぐ）った。

にこりと笑った彼は、そうだね、と短く言う。

「沖縄料理をテイクアウト」

「はい」

「それから飲みやすい泡盛を酒屋さんで購入して」

そこで一度言葉を切った千歳は万里緒にもう一度軽くキスをした。

「飲んだ後は、ベッドで遊ぼうか」

遊ぶ、って何ですか。色々考えると顔がどんどん熱くなっていく。間近で向かい合う千歳の目には、のぼせた様子の万里緒が映っていた。

クスッと笑った千歳は頭を撫でてそれから額同士をくっつける。

「国際通りあたりで買い物しようか」

「ハ、ハイ」

返事をすることしかできないなんて、今まで万里緒にはなかったことだ。

しかしそのなかったことをしている万里緒は、これまでにないほど素直で可愛い女になっているに違いない。

「私、今までにないほど、素直かも」

「本当。気が強い万里緒もいいけど、それくらい素直なのも可愛いくていいですよ」

そう言ってシートベルトを着けて車のエンジンをかける。

「もう暗い気持ちは吹き飛んだかな？」

彼の何気ない一言に、ドキッとした。

昨日は、すごく考えていたことがあった。結婚式で叔母に言われた一言。

彼が断れない義理から仕方なく見合いに来たこととか、万里緒の実家の病院とのしがらみだとか。考えれば考えるだけ深みにはまるし、結婚ってそんなもののために仕方なくするもんじゃない。だからそれは、考えないことにした。

だって彼は、万里緒の病院を継ぐ気はないと言っていたのだから。

「先生がベッドで遊んでくれたらもっと吹き飛びますけどね！」

わざと明るく万里緒が言うと、彼は大きな目を意地悪く見開きクスッと笑う。

「たくさん遊んであげるよ」

その言葉だけでも、かなりの威力があった。イケメンがイケメンらしく口説いているような感じがして、さらに顔が熱くなる。

「そんなに顔を赤くして。僕は大人を相手にしてるつもりですが？」

「もちろんです！　私も星奈先生も大人ですもんね！」

「そう。お互い大人」

そうして彼がアクセルを踏み車が動き出す。

とりあえず国際通りだね、と言った千歳はなんだか楽しそうだった。

もちろん万里緒も楽しいことは楽しいのだが……

夜の遊びを考えると、やっぱり顔が赤くなってしまうのだった。

＊＊＊

それから二人は、酒屋さんおすすめの泡盛を買って、沖縄料理をテイクアウトした。テイクアウトした料理は、当然ゴーヤチャンプルー。そのほかにも、珍しいもずくの唐揚げやポーク卵、ニンジンシリシリ、ラフテーという豚煮込みを購入した。万里緒の要望でチーズなども購入し、せっかくなので沖縄の地ビールも買うことにした。

ちょっとした酒盛りをする感じ。しかも、まるっきり居酒屋メニューだ。

「なんか私っぽいメニューになっちゃいましたね……」

「そうかな。僕も全部好きだけど？　早く帰ろうか」

「はい、ですね」

ここからホテルまで、一時間はかかる。

空港から少し離れた場所にあるラグジュアリーなホテルは、二階にプールがついていて朝から夜のちょっと遅い時間まで軽食がほぼ食べ放題。こんなすごい場所に泊まったことなんてない、と心から思ってしまった。

だって寝過ごして朝ごはんを食べ損ねても、そのフロアに行けば軽食がいくらでも食べられるのだ。

「ほんとに、高級感あふれるホテルですよね」

「そうだね。ああいう場所に泊まったことないからびっくりだけど……」

そうして言葉を切って、声に出して千歳は笑った。

「僕らみたいな新婚旅行者にはいいよね」

ただそれだけの言葉で、万里緒はやっぱり赤面してしまう。本当に今までの愚痴っぽくて、なおかつオヤジっぽい自分はどこへ行ったと思うくらいだ。別人みたいになっていないだろうかと戸惑う。

「星奈先生」

「ん？」

「私、ただの可愛いこぶった女みたいになってませんか？　こんなんでいいんでしょうか？　いつもと違う自分がいることに、すごく違和感を感じますのです。こんな私どう思います？　いつもの私のほうがいいと思いませんでしょうか？」

自分の言っていることが変になっているとわかる。わかるが、動揺のまま思った言葉を並べてしまったのだ。

運転している千歳はというと、考え込んでいるのか無表情。しばらく黙っている彼にどんどん不安になってきて、思わずまた口を開こうとした。すると千歳が口を開く。

「いつもの万里緒もいいけど、今日の万里緒もいいよ」

「それって答えになってない気が……」

曖昧な答えを返されて、カクッと肩が落ちそうになる。答えようがないよね、と思いながら大きく肩で息を吐くとまた千歳が声を出す。

「万里緒は女でしょ？」

「そりゃそうですよ」

「じゃあ、可愛いところがあって当然じゃない？」

「だから、いつもの私と違う、と」

「いつもの万里緒は、可愛いところが一つもないの？　違うでしょ？　僕は少なくとも、万里緒の気が強いところも、人に心配かけるところも、そうやって可愛い一人の女になってるところも、みんな好きですが？」

そうしてちらりと万里緒を見てにこりと笑う千歳。

「でも、私みたいなのは面倒くさい、って……」

「そういうことを、誰かに言われたの？」

まぁ、無きにしも非ず、で――万里緒はシュンとして自分の膝を見つめてしまう。

「じゃあ、その面倒なところも、好きです。僕は変わってるのかもね」

そう言って笑みを浮かべる千歳にキュンとする。そんなことを言ってくれる人は今まででいなかった。こんな誰にでも望まれる一番手男子が、万里緒の手に落ちてきて、万里緒を好きだと言ってくれる。

何があっても彼を手放すべきじゃない。そう思う。

「じゃあ、その変わった千歳が好きです」

「やっと千歳ですか？　まったく君はいつまで星奈先生って呼ぶのかな。僕は君の先生じゃなくて夫なんだけどね」

そうして苦笑するキュートな顔。万里緒は、運転中だというのに彼に寄り掛かった。

「運転中ですが？」

でもちっともいやそうじゃない千歳に万里緒はさらに身体をすり寄せる。

「知ってますよそんなこと」

万里緒は生来の気の強さを出しつつ千歳に寄り掛かる。千歳はただ笑って、そのままにしておいてくれた。

ここは沖縄で、クーラーをつけても車内は暑いくらいだ。そんな中なのに、彼の体温を感じてホッとする。

信号で止まった時に万里緒の頭を撫でてくれた千歳は、そのままそこにキスをした。

「万里緒、そろそろ離れて」

子供をあやすように言って万里緒の身体を離そうとするけれど、万里緒は彼の腕に手を回してさらにくっついた。

「運転中ですよ」

「離れろとか言うからです」

「……まったく……わかりました。でも腕は解いて」

彼の言う通り腕に回した手を解いたが、身体を寄せるのはやめなかった。

それ以上は千歳も言わなかったので、ホテルに帰るまでそのままでいた。ちょっと距離があったため、万里緒はいつの間にか居眠りしてしまったのだった。

＊　＊　＊

ホテルの部屋に帰って一息ついたところで、靴をスリッパへと履き替えた。

「なんだか靴を脱ぐと解放的な気分になります」

「そうだね。僕も履き替えよう」

そうして千歳もスニーカーを脱いでスリッパへと履き替えた。ついでにとばかりに靴下を脱ぐと、指を動かし万里緒を見る。

「君みたいにサンダルを持ってくればよかったな」

「途中で買うのもありですよ？」

「そうだよね。でも荷物が増えちゃうな」

うーん、と考えながら千歳はさっそくとばかりに泡盛を冷蔵庫へ入れる。そのほかのドリンクもまた、冷蔵庫へと入れたので、万里緒も持っていたチーズなどを冷蔵庫へと入れた。

「さて、どうする？　お風呂、先に入る？」

「ですねぇ。そのほうがゆっくり飲めるかも」

「じゃあ、先にどうぞ」

にこりと笑う魅力的な唇。この唇と、何度もキスをしているんだよな、と思う。出会ってから結婚までが短すぎたので、今もあまり現実感がない。

魅力的な唇だけでなく、彼の身体全部が万里緒のものだと思うと鼻血が出そう。

あのカッコいいがっしりした身体が、と思うといまだにドキドキする。

「それとも一緒に入る？」

「そ、そんなことしませんですけれども！」

からかうように笑う千歳から視線を外し、そそくさと風呂に入る準備をした。

千歳は時々、万里緒をからかうようなことを言ってくるから困る。でも、それがくすぐったくて好きだと思った。

駆け込むように浴室に入り、服を脱ぎながらお酒が入った後のことを考える。やっぱり、隅々まで入念に洗わないといけないかも。ついエロいことを想像して赤くなりつつ、シャワーのお湯を浴び身体を泡だらけにした。頭もしっかり洗う。ここは沖縄で、動くとすぐに汗ばんでしまう。

髪の毛を乾かさないまま、備え付けのナイトウェアを着て、千歳のいる部屋にひょっこりと顔を出す。

「お先しました。どうぞ」

「はい」

短く返事をした千歳は交代でシャワーを浴びに行った。見ると、テーブルの上にはすでに泡盛を飲む準備がされていた。テイクアウトした料理も並べられている。

「さすが……手際がいいというか、なんというか」

髪の毛を拭きながら驚いてそれらを見る。窓の外では、すでに日が暮れていて、ホテルのライトアップがキレイに見えた。万里緒はしばらくの間、その景色を眺めていた。

雰囲気あるホテルに、テーブルの上にはお酒。さらに、そのすぐ近くにはベッドがあり、なんともカップルらしい甘い感じを醸し出している。

「や、カップルですけどね」

「や、夫婦ですけどね」

耳の横でいきなり言われて、振り向くと千歳のドアップ。

「わぁっ！」

「色気のない声だね」

クスッと笑った千歳がテーブルの前にある一人掛けのソファーに座る。見れば彼の姿はなんとバスローブ一枚だった。

「バ、バスローブあったんですね」

「あったよ。風呂上がりのクールダウン中はバスローブが便利だ」

もしかして湯船に浸かったんだろうか。まだ千歳の髪も濡れていて、それに触れるとにこりと笑う。

「髪、乾かさないの？」

「星奈先生こそ」

万里緒が言うと、千歳が手を伸ばしてきたのでその手を取る。ぐっと引かれて、身体ごと千歳に近づくと、彼は腰を抱きしめ万里緒を膝に乗せた。

「小さいチェス盤持ってきたけど、ベッドの上でする？」

万里緒は一瞬にして眉間に皺を寄せた。もしかして、遊ぶってチェスのことですか？と聞きたくなり、そのまま声に出した。

「まさかベッドで遊ぶって、チェスのことです？」

「なんだと思ったの？」

大きな目を意地悪そうに細めて笑う。万里緒は思わず彼の肩を軽く叩いた。

「チェスだったらやり方わからないし、しませんよ！」

「ウソだよ。食事の前に、ベッドの上で、もっとイイコトをしよう？」

千歳の直接的な誘いに、顔が熱くなってくる。もちろんそう言われたら万里緒は、うん、と言うしかない。

しかし先ほどからかわれたし、ご飯も食べていない。お腹はそこまで空いていないけれど、素直にうなずくのもどうかと思ってしまう。

「そこで、誘いに応じると思ったら大間違いですよ」

ぷいっと顔を横に向けて言う。すると千歳は、万里緒の胸元のボタンを器用に片手で外し、そこから手を差し入れてきた。

「……っ」

「ちょっと触れただけで感じるのに？」

そう言って、いつの間にか剝き出しになっていた、胸の尖った部分を指先で転がす。

彼の台詞にカァッと赤くなってしまった万里緒の負け。

赤い花びらのような痕が残る胸を、千歳が万里緒を見ながら軽く舐め上げる。

「君の胸が僕の付けた痕で、腫れそうだ」

「……っ、本当にするんですね」

「するよ」

彼は指先で再び万里緒の胸の尖った部分を転がす。

息を乱す万里緒にクスッと笑って、千歳は軽くキスをした。最初は軽いキスだったのに、どんどんそれは深度を増していく。

「ん……っ！」

時々唇をずらす隙間から息をする。万里緒は、角度を変えて彼から与えられるキスに応えた。千歳の舌に自分の舌が翻弄される。上顎を舐められたかと思うと、舌同士が絡まり息ができなくなっていく。

「ちと、せ……っ」

知らないうちに、下肢の隙間が反応している。無意識に足をすり合わせると、彼は膝に万里緒を乗せたまま足を開いた。

「いけそうだね」

はぁ、と息を吐く千歳の顔は色っぽくて万里緒を抱きたがっているのがわかる。

「ゴム……して」

「するけど、新しいの買いに行かないとね」

さらにグイッと足を開かせた千歳は、万里緒を自分と向かい合わせにするようにして抱き上げた。そのままベッドへ移動し、下ろされる。

ゴムのパッケージを唇でかみ切った千歳が、バスローブと万里緒のルームウェアの裾を開き腰を近づける。手早く避妊具を装着し、性急に万里緒の中に入ってきた。

「んっあ！」

いきなりだったけど、ちっとも痛くない。もう彼の形を身体が覚え始めていて、包み込むように中で受け止める。

「大丈夫、かな？」

万里緒がうなずくと、彼は魅力的な唇に笑みを浮かべて、腰を揺らし始めた。中で動く千歳のモノがリアルに感じられて、彼の腰を膝で抱きしめる。

「もっと動いていいのかな？」

何度もうなずくと、了解、とばかりにさらに動きを速くした。時々角度を変えるのが堪(たま)らなくて、万里緒は声を上げる。

新婚だからこそのラブな時間。

新婚旅行が終われば、東京の彼とは遠く離れた北海道に帰らなければならない。それを思うと、もっと千歳の近くにいたい万里緒だった。

＊　＊　＊

「星奈先生、セックス好きですね」

「……うーん、そうだな……万里緒とだったらね」

「なんですか、その返事」

なんだか膝がカクッと折れそうな返事をされて、万里緒は彼をじっと見る。千歳はバスローブ、万里緒はルームウェアを着てベッドの上で食事中だ。

「君とのセックスは好きだよ」

「そうですか。他の人とは」

「それは、いまいちだった」

「……星奈先生変わってますね。いまいち、でエッチなことをしてたの？」

「君と会うまではね」

そうしていつもの笑みを浮かべたあと、食事中だというのに千歳は万里緒にキスをする。彼は軽く舌を絡めてきた。すぐに離れたけれど、食事中にこんなことをされたことがない万里緒は口を押さえた。

「好きだよ、君が」

口を押さえたまま何度もうなずいて、顔を赤くしながら彼を見上げる。

「沖縄料理、美味しいね」

何も言わずただうなずくと、千歳は万里緒の頬を撫でてそこにもキスをした。

「星奈先生」

「ん？」

「しょ、食事は落ち着いて食べたいです……」

「うん、わかった」

余裕な千歳が少し小憎らしい。

でも、この人と結婚できてよかったと心から思える。

まだ新婚旅行はあと二日間ある。

こんなんで、大丈夫なのだろうか、キュン死させられないだろうか。

そんな幸せな不安を感じつつ、彼とのラブな時間を満喫する万里緒だった。

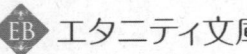

派遣OLの杏奈が働く老舗デパート・銀座桜屋の宝石部門はただ今、大型イベントを目前に目が回るような忙しさ。そんな中、上司の嶋崎の一言がきっかけとなり杏奈は思わず仕事を辞めると言ってしまう。ところが、原因をつくった嶋崎が杏奈を引き止めてきた！その上、エリートな彼からの熱烈なアプローチが始まって——!?

B6判　定価：640円＋税　ISBN 978-4-434-22634-2

NB ノーチェ文庫

ダフネ

春日部(かすかべ)こみと

ダフネは王太子妃になるべく、双子の王子、アーサーとクライヴと共に育てられた。やがて兄・アーサーとの婚約が決まるが、ある事件によって、ずっと愛していた弟・クライヴと結婚することに。しかし、彼には他に愛する人がいて……。叶わない恋心に苛立つクライヴにダフネは夜毎翻弄されるが——?

イラスト：園見亜季
価格：本体 640 円＋税

黒狼侯爵の蜜なる鳥籠

神矢千璃(かみやせんり)

教会で暮らすブルーベルのもとに舞い込んだ、冷血な黒狼侯爵との縁談話。初恋の人を忘れられない彼女は、この縁談を断るつもりでいた。だが、侯爵家で彼女を待っていたのは、初恋の人と同じ名を持つ青年侯爵。強引で淫らな彼が時折見せる優しさに、ブルーベルの心は揺れ始めて——

イラスト：SHABON
価格：本体 640 円＋税

詳しくは公式サイトにてご確認ください
http://www.noche-books.com/

携帯サイトはこちらから！

本書は、2014 年 1 月当社より単行本として刊行されたものに書き下ろしを加えて文庫化したものです。

エタニティ文庫

君のために僕がいる 1

井上美珠

2017年 2月 15日初版発行

文庫編集ー本山由美・宮田可南子
編集長ー塙綾子
発行者ー梶本雄介
発行所ー株式会社アルファポリス
〒150-6005 東京都渋谷区恵比寿4-20-3 恵比寿ガーデンプレイスタワー5階
TEL 03-6277-1601（営業） 03-6277-1602（編集）
URL http://www.alphapolis.co.jp/
発売元ー株式会社星雲社
〒112-0005 東京都文京区水道1-3-30
TEL 03-3868-3275
装丁イラストーおわる
装丁デザインーansyyqdesign
印刷ー大日本印刷株式会社

価格はカバーに表示されてあります。
落丁乱丁の場合はアルファポリスまでご連絡ください。
送料は小社負担でお取り替えします。

ISBN978-4-434-22888-9 C0193